曾經我以為自己屬於大海，原來我只屬於飄泊。
曾經我以為自己屬於山林，原來我只屬於迷失。

陪我繞一點遠路好嗎

KANYA CHAN 著

目錄

自序

我揹著行囊，走到地球的另一面，想看那個倒轉的世界；一步一步，攀上了最高的山，想聽雲上的聲音；然後我看到了那個名叫「遙遠」的地方，感受到那種氣勢磅礴世界的宇宙感，卻忘記了自己的名字。

我漂浮在大海，想像時間的盡頭，恍如在黑洞周圍盤旋的一隻鷹，享受無重力的孤獨。驀然回首，我拾起一片凋零的花瓣，凝視每道凸起的紋理，複雜卻亂中有序。關於你的一切我都想知道。你快樂的顏色、你傷心的形狀，我都想好好記住。曾經我以為世界好大，要走到最遠攀到最高，然而此刻我發現世界就在掌心，在這一瓣生命中。

可能我想放下背包了，畢竟真正的世界並非肉眼看到的。我所尋找的美麗善良，不在遠方也不在身邊，卻又把我緊緊包圍。看得見的人就會看見，看不見的人到哪裡都看不見。我愈努力為生活加上價值，愈顯得無力。有時我會覺得時間在宇宙間是沒有意義的，就只是一種給人類記錄回憶、規劃未來的刻度。但真正活著的不就只有此時此刻嗎？如果時間只是一種相對，那麼真正有意義的就只有善用時間去創造，創造藝術、創造經歷、創造連結。

這一刻，世界上有多少棵樹苗穿過土壤嗅到空氣？有多少隻雛鳥第一次感受到風？有多少個追夢者遙望目標？很多，真的很多。所以不要抱怨。生活有很多種，世界有好多個，我們可以做的就是選擇，然後全心全意去相信去投入。畢竟所謂真實其實就是大家願意去相信的事。或者生命的輪迴不是要我們去找什麼意義，就純粹是一個啟悟的過程。如果選擇了這樣相信，那麼要經歷時就盡情享受痛快，要明白時就靜默感受。

電影《東邪西毒》中有一句是這樣說的：「每個人都會經歷這個階段，看到一座山，就想知道山後面是什麼。我很想告訴他，可能翻過去山後面，你會發覺沒有什麼特別，回頭看會覺得這邊更好。」儘管抓緊的只是泡影，發生過的都是歷史。所以相信自己吧。相信自己可以創造，相信只要你想，每一天都可以過得有意義。生活雖是不斷重複的圓，但聽那夏蟬冬雪還是那麼美，看那花開花落還是會心疼。有知覺地生活，是我最卑微的願望，也是我給你最真摯的祝福。追尋丟失的靈魂路上，願我們，一路順風。

所以來吧，陪我繞一點遠路好嗎？

陪我繞一點遠路好嗎

- CHAPTER -

①

海

008 — 027

尋找世界盡頭的燈塔

阿根廷

每個終結都是開始,每段旅程都是歸途。

二零一四年八月十五日,我背起十五公斤的背包獨自踏足南
美洲,那時的我並不知道這個決定會改寫我後半生,開啟了
我追尋另一種生活方式的可能性。

其實已經想不起好好一趟大學畢業旅行,為何要跑到地球的
另一面,明明連亞洲都未算認真逛過,就想去開闢另一片土
地。有關哲古華拉、印加文明、瑪雅文明、安第斯山脈,甚
至王家衛的電影《春光乍洩》,我都毫無頭緒。那是一個充
滿著未知的地方呢,我甚至找不到一個吸引我去探索的理由,
然而一切又發生得那麼理所當然,現在回想也覺得莫名奇妙。
或者這就是所謂前世的牽絆,又或像三毛所說的鄉愁,無形
中牽繫著我來到這個地方。

關於海的故事,我們遇見的地方叫阿根廷。那一年,是我第

一次揹起背包，成為別人眼中任性的人。當然那時候完全不明白自己哪裡任性，也不明白身邊的人到底在擔心什麼，不就是到別處走走而已，一個女生在外能有什麼事發生呢？答案是，什麼也可以發生，而又什麼都沒有發生。對啊，人一日沒有死掉，也算不上發生什麼驚天動地的事吧。現在的我嘗試努力回想那時候的心情，說成有點緊張或是有種期待都好像不太對。然而五年後的今天回看，那種處之泰然的平靜感覺，像回家。

鯨魚在噴水

那個讓我魂牽夢繫的地方叫 Puerto Madryn。一般到訪阿根廷的人是不會無端來到東邊的海岸線，網絡上要找中文的介紹更是少之又少，相較之下在另一邊的 Patagonia 區實在是引人入勝太多，奈何當時的我還未懂得山的美麗，更遑論有合適的裝備可以走進鄰國的百內國家公園。兩個月的旅程對一個還不太懂享受背包的人來說是蠻長的，就想著既然有時間何不就去看海呢，反正一路走來經過幾個色彩斑駁的城市都還沒有看過那片藍，口忽然有點渴。雖說是來看海，但當時的自己又怎會甘心坐十幾個小時巴士只為看海？旅行就應該有目的地，有目的地就要有想做的事才對啊，不然太浪費了。嗯嗯，旅行的時光一秒也不可以虛度。

九月是東岸半島慢慢開始熱鬧起來的季節，除了全年都在石灘上曬太陽的海獅、海象之外，企鵝和殺人鯨都會在這個時候回來，而南露脊鯨媽媽更會帶著初生的鯨寶寶在附近出沒，說這邊是海洋生物的天堂應該絕不為過。這個小鎮跟 Valdes Peninsula 和 Punta Loma 共享一大片充滿生命力

的藍，整個海岸就只有零星幾間小屋、無盡的沙灘和一波一波溫柔浪潮，
你要做的事就只是好好坐在沙灘上凝視那片會忽然冒出水柱的汪洋。在阿
根廷的日子我常常一個人亂走，那天我如常地坐在沙灘上發呆，看到海中
心有東西噴水時我想自己一定是眼花了，定眼再看，才可以肯定那是鯨魚。
雖然牠們的身影很小，但每一個躍身帶給我的震撼是如此巨大。我想生命
和生命之間是可以互相感應的，不然我怎會有一種無以名狀的感動湧上眼
眶呢？「昨天我們就在這邊看到殺人鯨啊！」坐在身邊的一對上了年紀的
夫婦漫不經心地跟我說。

殺人鯨嗎？記得小時候在主題樂園有看過一次，一直都覺得牠們的樣子很兇，後來才知道那一大片白色不真的是眼睛，只是與生俱來用來嚇小魚的圖案，靠近看就會見到真正的眼睛其實很小，烏黑一點閃閃發亮鑲在龐大的身軀上，算是可愛巨人吧。明知就算看到也只會是遠處的一個模糊剪影，我的雙眼還是一直緊緊盯著水平線，怕一眨眼牠們就會消失不見。不知不覺，我跟那對夫婦一起由下午坐到黃昏，沒有看到殺人鯨躍出水面，但每隔十分鐘上演一次的鯨魚噴水表演就足以讓我心滿意足。至於野生的殺人鯨嘛，有人看過也算好，下次有緣可能換我跟牠碰上呢。但請答應我，在

這之前你們都要好好待在這邊，在人世間所有苦難跟前你們都是清麗的、出於污泥而不染的。謝謝你們讓世界充滿希望，讓我在失望時知道遠方還有平靜安好。在這片碧藍之中有著太多我們無法想像的奇妙故事，關於傳承、關於自由、關於生命中最純粹的美好，只願我們能與此共存，並永遠擁有一雙能看見的眼睛。

歸來的理由

如果世界真的有盡頭，那是在阿根廷一個叫烏斯懷亞的小鎮，至少居民都是這樣相信的。

為了要來這個小鎮，我坐了超過二十個小時的巴士，長途巴士的癮應該也是這時候養成的。我是一個沒耐性的人，唯獨在旅行的時光，等待會由浪費時間變成一小段讓我安心的空隙。在這條時間裂縫之中，我由一個地方被運送到另一個地方，在到達之前我都有藉口好好虛度光陰，不用苦惱晚上吃什麼，不用擔心住的地方又沒有熱水，不用趕去某個充滿歷史意義的場景，不用計劃下一個目的地，就這樣百無聊賴地待在一個暫時完全屬於自己的空間，和一幕幕風景擦身而過，最好永遠有一種期待，像一個不會破滅的幻彩泡泡。天空的顏色由藍色變成燈黃色，再變成淡淡的紅色紫色或者是任何我喜歡的顏色。我在放空也在看倒退著的影子線條，直到一切被黑暗吞噬然後又重複上演。我想只有這種理所當然的孤獨能安撫我並提醒我孤獨是常態，自由從來需要代價。

陸地的盡頭，大海的開端；
是分也是合，是忘也是記。

烏斯懷亞是一個十分寧靜的港口小鎮，滿街貼著「Fin Del Mundo」（世界盡頭）標語的商店、旅行社和餐廳讓我不期然地覺得煩心。世界盡頭嘛，說到底也就是宣傳伎倆，對於漂泊的人來說，哪裡都可以是盡頭。由阿根廷的北部一直往最南面走，天氣愈來愈冷，風好像要刮得夠大才配得上想像中的荒涼。我在港口附近慢慢走著，準備報名去這邊唯一一個景點——最南面的燈塔。在《春光乍洩》中，烏斯懷亞對出的燈塔是屬於受傷的人，據說只要把痛都留在那邊，人就自然會好起來。在那艘駛往燈塔的船上，張震這樣說：「一九九七年的一月，我終於來到了世界盡頭，這裡是美洲大陸南面的最後一個燈塔，再過去就是南極。突然之間我很想回家，雖然我跟他們的距離很遠，但那分鐘我跟他們的感覺是很近的。」從此這座燈塔對某種人有了另一層意義，歸去也要有歸去的理由，在路上的日子說穿了就是一個說服自己的過程。

走進小屋詢問船期後，就訂下了當天下午三時的燈塔團，聽說途中還會經過躺滿海獅的小島，令我開始有點期待。看看鐘，距離開船還有幾個小時，船公司的人看我自己一個女生到處閒晃，就給了我幾張到附近咖啡廳換領熱朱古力的優惠券，好讓我可以打發時間。我拿著票和贈券在門外張望，看到一個亞洲面孔也朝著我的方向看過來。「嗨！你也是自己一個人嗎？」帶北京腔的男生問，原來大家都是買了三點的船票在等時間過。「船公司的人給了我幾張贈券，一起去喝杯朱古力吧。」男生看看自己手中的船票，皺了一下眉頭。「怎麼我一張贈券也沒有呢，還是當女生好。」對於女生獨自旅行這件事向來有很大討論空間，一幫人總認為女生要留在家，獨自出遠門是愚蠢又危險的行為，然而另一幫人又會說女生要闖就當然要把握

機會，畢竟女生總是能比男生佔上較多便宜。如果你問我嘛，女生總是能得到更多的幫助，這在公路上攔車時特別明顯，但同時危險性也相對高。我個人來說是沒有在管這件事的，所有東西都是等價交換，既然這輩子是女子就活好女子的角色，但待人真誠是任何人都應該做的事。

除了牛排跟紅酒，阿根廷的甜點也是十分出色，其中不得不提夾著 Dulce De Leche 的 Alfajorse 和南部 Patagonia 區的熱朱古力。在一片嚴寒之中，坐在咖啡廳中捧著一杯由 75% 黑朱古力原塊熱溶而成的熱飲好幸福。北京男生覺得不好意思又另外買了一堆不同口味的朱古力送給我作回禮，但我明明就沒有真的付過錢。差不多時間我們又慢慢走回碼頭準備登船，這時坐在我旁邊的竟然又是一個北京人，不過這次是一個漂亮女生。世界真小呢，同一艘船上就給我遇到兩個北京人。

期間限定的人

李冰說得一口流利西班牙文，說自己工作的中國鐵路公司在阿根廷也有很多發展中項目，所以每隔一、兩年也會過來這邊。一直聊些有的沒的，看了海獅也看了燈塔，總算是完成任務。我沒有把什麼留在世界盡頭，只記得風好大，海面捲著白頭浪，有一種孤獨的滄桑感，大家拍完照都匆匆走回船艙，想著又完成了旅行清單上的一個項目。晚上我跟他們一起去餐廳吃皇帝蟹，冰說是公司付的錢就乾脆開了兩支紅酒也叫了羊肉，反正就是要盡興而回。「我住的酒店是雙人套房，你喜歡的話就過來啊。」冰看著滿臉通紅的我說。睡了青旅一個多月，突然搬到一間高級酒店是像夢一般

的情節，那個夜晚我們像認識了很久的朋友，一起敷面膜、談感情，對於第一次真正走出世界的我來說，羨慕是我經常經歷的情緒。

在路上我遇見一直靠攔車環遊世界的人、擱下原本的生活去飄浮賣藝的人、每天捧著書要追尋歷史足跡的人、覺得生活累了想要好好度假的人。他們向世界展示著自己獨特的生活方式，然而都有著一個共通點——認真生活。我看著冰的側臉，心中好想自己有一天也能成為像她一樣的人，找到一份自己喜歡又穩定的工作，間中有出國的機會，學習一種外國語言和當地人作深入交談，幻想起來是蠻不錯的。然而後來的我發現，我們都不必急著成為彼此，真的，活好每一個現在，屬於你的其實不曾離開。

分離比想像中容易，隔天早上我跟她吃過了酒店的自助早餐之後，交換了聯絡方法就分道揚鑣。其實我有想像過彼此之後會繼續聯絡，甚至在別的地方再見，畢竟那一天我們是如此的惺惺相惜，而那些在旅途中分享過的悲喜都確確實實存在過啊。然而五年過去了，我偶爾會在臉書看到她的更新，卻在分別以後沒有再聯繫過。大概人與人之間都這樣吧，曾經以為會刻骨銘心，到最後還是會被那個誰取代，一次又一次的擦身而過，陪伴你的終究也是你自己。不過我想這是不要緊的，出現過的人要離開時也就是他們完成劇本中戲分的時候，不遲也不早。從前我總相信人與人之間的相遇是有原因的，但人啊，一直追尋東西不累嗎？不如就說成是，這樣的我恰巧遇見那樣的你，然後互相陪伴走了一小段路。當中的喜歡與糾結、瞞騙與忍耐，可以的話就種在心中，不可以的話就隨風而去，反正我們都善忘，所有的承諾都是給自己的。

那片寂寞的藍色

伯利茲

我想留住大海的藍，濕透了卻發現大海從來沒有擁有過藍色。
我想留住天空的藍，展翅了卻發現天空從來沒有得到過藍色。
然後我發現那種藍色，其實沒有真實存在過。

之後中南美洲的故事發生在阿根廷兩年後。畢業後我在一間
辦展覽會的公司工作，每天過著朝九晚六的生活，但心中從
未敢忘那段路上的日子。然後有一天我得到一位空姐朋友的
一折機位優惠，便毅然決定辭職，帶著一張單程機票就揹起
了背包，回去那塊我堅信本來就屬於自己的土地。現在回想，
那段日子應該是我最誠實赤裸去認識自己的時光，無論善良
醜惡，光明黑暗。那段斷斷續續的浮游旅程在二零一六年一
月十二日正式開始。

比起其他中美國家，伯利茲算是名不經傳，就算有聽說過這
個國家的人，都只是記得其驚人的犯罪數字。我討厭別人說
某個地方不適合旅行，但對於這座城市的大部分地方我實在

也是不敢恭維，然而這裡卻擁有一個能吸引人排除萬難都要到訪的小島，更是潛水愛好者的天堂——Caye Calker。

對於背包客來說，Caye Calker 基本上已經成為伯利茲的代名詞，一般人都會從危地馬拉直接坐巴士到 Belize City，然後坐大約一個小時的船出發去小島，省掉在別的城市徘徊的時間。到達 Belize City 的時候是正午，電話顯示下車的地方跟碼頭距離約三公里，我問了司機碼頭的方向就揹著背包一直走。在中南美洲待了一段日子，其實已經很習慣路邊的流浪狗、漫天飛舞的垃圾和旁人奇異的眼光，但這個地方總是給我一種莫名的危機感，好像轉個彎就會有人隨時衝出來。街上行人不算多，我走過一座座破舊不堪的房子，有人在快要掉落的窗前看我，我就用一種「本小姐一直都是住在這裡」的自信目光回敬，其實內心恨不得趕快離開。獨遊在外，學會說謊和裝自信是很重要的，「我老公就在碼頭等我」、「我去年就來過這邊」等亂講一通的屁話是家常便飯。閒人問我工作，我都一致回答自己是窮苦學生，反正亞洲人在他們眼中永遠是二十出頭的樣子。記得不要拿著地圖迷糊地走在街頭，任何時候都要裝出一副很知道自己要去哪裡的模樣，走錯路嗎？沒有沒有，我只是想先去買瓶水而已。是這樣吧，說著說著好像連自己都快要相信就對了。

加勒比海的粼光

有留意嗎？每個地方的海都有不同的顏色，而最讓我念念不忘的是加勒比海。在我印象中，這片深深淺淺的藍色永遠閃耀，每一個畫面的清晰度與飽和度都被瞬間提高，燦爛耀目的程度令人不自覺滿足地瞇起雙眼。這片

海洋是快樂的，洋溢著度假感的，光是凝望著大海就彷彿可以看見椰林樹影和聽見遠方的人唱起歌謠。那接近透明的藍綠拼貼，認真看的話會把人的靈魂吸去。我在船上慢慢被一點一滴的藍緊緊包裹著，看著城市的蹤影愈縮愈小，我開始幻想小島上的休閒生活又會是怎樣的一片光景。

一個小時後我終於到達 Caye Calker，小島的面積很小，只有一條相對熱鬧的大街。我沿著碼頭的指示方向找到青旅，放下背包就決定出去走走。我喜歡在路上龜速行走，看身後的人走到我前面，面前的人又跟我擦身而過。一個亞洲女生走在這種鄉郊小村無疑特別亮眼，但其實有時我喜歡別人注視的目光，留戀異鄉人總是金光閃閃的與別不同，和享受那種理所當然可以接受別人幫忙的安全感。穿過幾條小街沿著海岸一直走，我有預感自己會喜歡這個地方。

海牛奇遇記

每個人都是一座孤島，大海讓我們有了相連的理由。

隔天我很早就爬了起床，跟青旅暫時收留的狗狗玩了一陣子就出門去看看有什麼出海的團可以參加。「Hola amiga！」大街上一個黑人向我揮手。原本打算還個微笑就走，然後他又說「Do you remember me?」伯利茲曾是英國的殖民地，也是中南美國家之中唯一一個以英語為第一法定語言的國家，所以這邊的人都會流利英語。旅行了這麼久，終於有一個地方可以讓我完全明白他們在講什麼，心中不禁有鬆一口氣的感覺。我認真看了他

一眼，啊，原來是早上那個騎著單車差點撞到我的男生，他一邊跟我再三道歉一邊寒暄了幾句。

「Do you have any plans for today?」

「No...but I am looking for some snorkelling tours.」

「Then you are in the right place! My friend is a very good tour guide!」

他邊說邊拍著身旁男人的肩膊。及肩的曲髮被陽光和海水漂染成淡淡的金色，黝黑的皮膚上爬滿紋身，看上去完全符合一個住在加勒比海小島的陽光男孩角色設定，然而他看著我的眼神不知怎地有一種說不出的悲傷。

「Hi, my name is Kanya, nice to meet you.」

「I'm Kelvin, nice to meet you. It's my holiday today. If you want to go snorkelling, I can take you with my small boat.」

「Really?」

「Yes. We can do it like a private tour, but it will cost a little more.」

他開給我的價錢比起那些十人包船團貴港幣一百元左右，但如果跟他出海的話就可以彈性選擇幾個不同潛點，最重要的是我可以單獨跟保護區內的海牛游泳，這可是千載難逢的機會呢！我裝出一副要考慮考慮的樣子，其實心裡是覺得這個建議是蠻不錯啦，但絕對不可以讓他知道我那麼快心意已決，何況我才剛認識這個人，還是應該多觀察一下再作決定吧。他看

我一直在猶豫，就笑說不如一起到他工作的旅行社看看照片和路線介紹再說，不然他就去買酒了。我跟著他笑了起來，就看啊誰怕誰，跟他朋友揮手道別以後我們就往碼頭旁最後一間小木屋走。

一路上他跟街上的人顯得好熟稔，五分鐘的路走走停停走了十五分鐘才到。小島上的人都顯得很快樂，大概都從小一起成長又互相認識，加上中南美人本身不知道該說是不拘小節或是什麼都隨隨便便的基因組合，還有一年三百六十五日都洋溢著的小島夏日風情，也似乎找不到任何不快樂的理由。Kelvin 一邊跟路上的人說笑，也不忘跟他們介紹我——the super cool Hong Kong girl，而我也樂於跟這群快樂的人打打交道，短短的路程讓我覺得自己已經在這邊待了一段時間。最後我們終於來到了一間粉紅色的海邊小木屋，Kelvin 拿出一條爬滿鐵鏽的鑰匙把門開了讓我先走進去。小屋內貼滿了感謝卡，全都是寫給 Kelvin 和另一位叫 Mark 的人，大概是說他們玩得很盡興一定會再回來的話，雖然心裡面知道十個有九個根本都不會再回來，但 Kelvin 似乎特別珍惜這些小小的卡片，還在上面鋪了一層包書膠。牆的另一面是一大幅地圖，還有海牛、鯊魚和各種小魚的照片。Kelvin 指著地圖講解著各區可以看到的生物和幾條不同的路線，然後三十分鐘之後我便跳上了我的私人快艇（一條後面裝上摩打的小木船），在一望無際的加勒比海飛馳。

比起真正的快艇或是郵輪，這種小木船的臨場和速度感是我最喜歡的。浪濤的形狀穿過船底，每一下高低起伏我都能確切感受到，海浪迎面而來，拍打在皮膚上會有一種刺痛感，睫毛都被吹得快要離我而去了。有人很怕

被沾濕，又會怕那幾塊木塊不知什麼時候會翻側，然而我卻覺得這種偷回來的刺激感是我在旅途上最大的引誘。生而為人，本有無數的枷鎖不能亦無須掙脫，所謂自由和死亡其實好接近，或者他們根本一樣。這種想法無疑是很危險的，但安穩又是你真的想要的嗎？

二十分鐘後我們終於來到海牛保護區，一艘觀光船剛好駛走，整片海域就只剩我們。

「There she is, Kanya.」他冷靜地說。

放眼望過去一片深藍之中，隱約看到一抹灰灰黑黑的身影浮上水面，我隨即興奮大叫然後跳下水。在這之前我從來沒有看海牛，也不知道牠是什麼，想像中就應該是跟海象、海獅那些差不多吧。由於只有我一人下水，任我靠得多近海牛都根本懶得理我，慢慢在水中浮浮沉沉。正面看牠的樣子有點像海豹，但身形卻比海豹大三至四倍，身長有 1.5 米以上，有一條短短的扇形尾巴。如果說跟海獅游泳像是跟一班過度活躍的小朋友玩樂的話，跟海牛一起就像是進了老人院探訪長者。我屏著呼吸靜靜地浮在牠旁邊，看牠厚厚的皮膚上每一條摺痕和零星散落的班點，還有那張呆呆的臉，嗯真的好怪好笨又好可愛，令我禁不住想大笑。不知為何就總是覺得大部分海洋生物的樣子都怪怪的，像比目魚啊、蛙蛙魚啊、鯨魚啊、八爪魚啊，但又不會令人覺得討厭，有生之年真的好想親眼逐一去看看牠們。啊，海牛在我恍神之間一下子潛下了水底，不見了，想不到那笨重的身體逃跑起來比想像中快很多呢。之後 Kelvin 帶我去看護士鯊、珊瑚群和好多奇怪小魚，雖然只是三個多小時，就足夠令我累得半死。

我和海牛暢泳於加勒比海。

沒有你的孤島

下午三時多我們又回到了小島。

「Are you going somewhere?」
「No. Do you have any suggestion?」
「The split.」

小島盡頭有一個地方叫 split，一到傍晚幾乎整個島的居民跟遊客都會在這邊 Happy Hour。港幣十元兩杯雞尾酒附送完美日落，你能想到任何理由拒絕嗎？

所謂的小島盡頭也不過十五分鐘路程，日落伴隨悠揚音樂的戲碼每天在這邊上映。我喜歡看著太陽剛剛落在水平線下的瞬間，那個我確切地感受到星體運轉的瞬間，感覺好奇妙。日落餘暉照射在每個人的身旁，溫柔地拉出一個個長長的影子，然後互相重疊交纏。此時酒吧的人都有幾分醉意，男男女女擁在一起，隨著海浪聲和音樂輕輕地哼歌跳舞。「噗！」一個男生被推下水，引起哄堂大笑。我凝望著手中鍍上了金邊的 Mojito，好想時間可以永遠停留。

「I wish the sunset never ends.」
「Then there will be no sunrise in other places.」

我習慣在太陽下山後便盡快回青旅，畢竟一個女生晚上在外還是比較危險。然後想不到的是，Kelvin 正在搬家所以也暫時住進了我所住的青旅。

當地人就這樣每天都聚在 split 看著夕陽暢飲。

晚上的 Kelvin 話很少，拿掉太陽眼鏡後的眼瞳只剩一片空洞。他跟我分享了一個日本女生的故事，那個離他而去卻讓他朝思暮想的女生的故事。兩年前那個計劃要一直環遊世界的女生參加了他的浮潛團，並留在小島上住了一個多月，故事發展像大多數的愛情故事，每天出海、去酒吧，然後有一天女孩說她要走了。

我想「依歸」這兩個字對沉迷背包的人都是一個不能解的結，我們都在找什麼呢？大概很多時候我們想漂泊又想生根，想了無牽掛又想用力存在，所以才會在旅途中偷取安逸，又在安逸中貪戀刺激。關於選擇，殘忍往往不在於忍痛取捨，而是在於要承認我們是自願去作出決定的。日本女生要繼續旅程，留下一句「我一定會再回來」，然而一年後女生的確有再回來，美好的故事重複了一遍，悲傷的故事也是。Kelvin 說只能怪自己太落於俗套，自以為跟其他人不一樣。他的眼眶紅了一圈，我分不清那是因為他抽得太多大麻，還是他不小心洩漏了情感。其實他一早知道女孩是鳥，也清楚記得第一次遇見時，她遙望大海的閃爍眼神。

「I don't understand why people travel alone.」
「It's an adventure.」
「It's just loneliness.」

陪我繞一點遠路好嗎

- CHAPTER -

②

沙漠

028 — 061

自由的靈魂

智利

智利的 Acatama 沙漠是我第一次感受到真正自由的地方。那時候我很想很想去復活島，一直以來這個地方對我來說都有特別的意義，也聽說住在那邊的人過著我好嚮往的波希米亞生活，騎著單車穿梭在那巨石聳立的星空下和旭日初升的畫面，我以為好快就可以實現。在聖地牙哥的機場來來回回，終於找到了某航空公司的職員櫃位，由於我用的是一折後補機票，必須等航班有空餘位置我才能獲得登上班機的資格。正因如此，我在大大小小的機場度過了不知多少個漫漫長夜。「請問最快前往復活島的飛機是什麼時候呢？」「復活島的飛機一星期只有三班，這星期的都已經滿座了。」在這之前我已經待在聖地牙哥五天，對上一次地勤人員也是給我同樣的答覆。「那下一班飛往智利北部的航班又是什麼時候呢？」「兩個小時後，還有空位呢。」我不可能在這邊再待一個星期，城市太無聊了，既然此刻有往北邊的航班那就先過去再說吧，大不了再飛回來啊。然後轉眼間，我就置身於一大片荒漠之中。

復活島以外的世界

在沙漠的日子，我租了單車就往外面跑，在一望無際的黃土中飛馳，好像
往任何一個方向走都是無窮無盡的天和連綿不斷的地。我手拿一張青旅老
闆畫給我的地圖，踩著對我來說有點太高的單車，往 Cejar Lagoon 進發。
聽說那是一個像死海的湖，人跳下去就會自自然然浮起。老實說我並不太
在意那個湖是怎樣，只是附近根本什麼都沒有，就隨便找個目的地算是有
個方向進發。攝氏三十八度，沙漠的空氣容不下一滴水氣，我迎著乾爽的
風反而覺得自在。身邊的風景跟一個小時前沒太大分別，我甚至有一種錯
覺自己其實一直在原地兜圈，再過十五分鐘，前方有一棵獨自生長在路旁

的大樹，啊，終於可以坐下來躲一下暴烈的太陽，好好休息一下。我不會說在滿佈沙石的小路上踏單車是美好的體驗，但無可否認我所嚮往的自由是荒涼、艱苦和孤獨的合成物。在浩瀚廣闊的野外之中，我總有「寄蜉蝣於天地，渺滄海之一粟」之感，然而這其實讓我更加安心。悲喜有時，既然生命短促，我更應了無牽掛。

我住的青旅幾乎沒有其他遊客，每當正午時分外面的陽光太猛烈，我就會獨自待在吊床上玩貓。青旅老闆是一個愛貓的人，自己養了三隻，街邊間來討吃的乾兒子也最少有四隻。我待在這邊已經五天了，遲遲不想離去除了因為漸漸開始習慣這種淡泊的生活之外，也是因為心中還在想應否回去聖地牙哥，繼續等那張不知何年何日才能到手的復活島機票。老闆看我終日無所事事，一邊摸著貓咪的脖子，一邊問我下一站準備去哪裡，我就順勢把事情始末一五一十跟他說，心想問問其他人的意見也好啊。「我之後的旅程會一直北上，先去玻利維亞再去秘魯，現在為了要去一個不知可否去得成的地方，再花時間金錢南下來回一次，感覺就是不太對。」老闆換了一個姿勢看我。「當你猶豫的瞬間，其實已經心裡有數吧。

你說自己很想很想去復活島，只是條件性的喜歡，不然現在你不會在這裡。隨心而行吧，既然選擇了就不要頻頻回首，為眼前的美景，也為此時此刻，盡力而為就好。」他是對的，所謂喜歡或者都有先後次序之分，我並沒有想像中般想要實現那些期盼的畫面，至少在抉擇之前，我選擇了放棄。現在我只是在等一個人告訴我離開是對的，好讓自己可以心安理得。「記住你沒有一定要做的事，也沒有一定不要做的事，所有會發生的都會發生。」會發生的都會發生，我在心中默默重複著這句說話。

自由的人必不明白自由

在 Acatama 的最後一晚，來了一班以色列人。我喜歡什麼都沒有的地方，這樣人與人之間的距離會被迫變得親近一點點，像原本那種伸手可及的距離。在南美有兩種情況會發生：一、一個以色列人也碰不上；二、每天被一大堆以色列人包圍。他們服完兵役以後都會用最少一年環遊世界，之後再回去讀大學。這跟大部分亞洲地區的學生很不同，如果我也早點懂得看看世界，現在的路又會否一樣呢？抑或會發生的都會發生？嗯，只是遲早的問題吧。他們叫我做 the poor Hong Kong girl，晚餐、早餐都為我安排妥當，反正就是他們在廚房爭論誰家的鷹嘴豆好吃，我就在外面玩貓。夜晚我們坐在外面看月亮，有個半醉的男生看著我說：「你是第一個沒有喜歡上我的人呢。」我倒是滿腦子疑問，他是高大強壯的那種軍人類型，應該也蠻受女生歡迎，但這就代表我要喜歡他嗎？我苦笑著裝傻，呆呆看著月亮，心裡想著到底怎樣的一個人才會說出這樣的話呢。他在一旁喃喃自語：「或者你是不會喜歡任何人的……」

在路上遇見的人說我擁有 free soul，依他們的說法我就是一個無論身處何方都樂得自在的人，無牽絆，無愛與不愛，無有與沒有。那時候的我不以為然，亦不明白他們羨慕一個腦袋空空、身無一物的人是所為何事。直至一年後回港，一個澄明的晚上，我突然明白了，也忽然好想念那個一無所有的自己，那個不在乎擁有失去、真真正正活在當下的自己。回來以後，自由是我很常思考的課題，監獄中的人覺得高牆外是自由、牆外的人覺得飛就是自由、會飛的人覺得有一個永恆的落腳點才算自由。正如有勇氣的人不會知道勇氣，在理想之中的人不會眷戀夢想，自由的人必不明白自由。沒有欲求的人是因為已經擁有，至於什麼是擁有嘛，大概每個人都不同。

前世回憶似的鄉愁

摩洛哥

Casablanca 的青旅很冷清，破舊的六人房裡只有我跟另一個看似三十多歲、包著頭的女人。

我側身躺在床上對著電話熒幕發呆，其實沒有什麼衝動要跟這唯一的陌生人有任何交集，畢竟旅途總有幾天想安靜地過度。然後我聽到了一聲短嘆，不以為然。兩聲很深的呼吸聲，我看了一眼那落寞身影。三聲像是哽咽抽搐，我開始疑惑應該關心她一下嗎？

「Are you okay?」我想還是問一下比較好吧。
她愕然看著我。「Yes, i am alright.」預料中的答案。
「You can talk with me if you want.」（附加親切笑容）
「Thank you.」（勉強微笑）

我以為對話就到此為止，想留她一點私人空間就到樓下的 common area 繼續對著電話發呆。忘記過了多久，有人把一張五十元紙幣和一杯乳酪放在我面前。我抬頭，她向我微笑。

「Have you had dinner yet?」

「Ya, i had it around 6.」

望一望鐘，原來已經十時。

「Noooooo! You have to eat more, take these!」

老實說在旅途上常常遇到路人硬塞食物給我，可能是我看起來又黑又瘦，十足飢餓兒童惹人憐惜，但把錢直接給我倒是頭一次。

「I cannot take this.」我有點不知所措。

「No, take it and go to eat something.」

她用幾乎是命令的語氣說完轉身就走，留下我一個人無奈地苦笑。

這是我們相識的經過。

一起看世界老去

然後我知道了她是摩洛哥人，年紀很小的時候就嫁到法國但已經離婚，育有一個小孩。近年身體出現問題，跟在摩洛哥的家人關係很差，在巴黎找不到工作，大概是這樣吧。之後她陪我閒逛這座城市，又帶我吃東西、洗土耳其澡、買堅果油……就是照顧了我一整天我才不至無聊死。我知道她心情不好便閒時說些笑話逗她開心，她知道我喜歡吃東西便帶我嚐只有當地人才知道的地道菜。雖然只是相處了一天，但我們像認識了很久的朋友。如果你問我什麼是一見如故，我會說那就似是生命中未曾出現，又未曾消失的你。旅途上，我們都毫無顧忌的交出自己最真實的一塊，浸一杯酒、分享每一個平凡的晚上。生命中的你我他，總出現得那麼理所當然，又消失得那麼不著痕跡。

「I wish I met you earlier, I didn't talk with anyone this week in Morocco.」

她跟我分享了沉重的故事，說她壓力大得想要尋死。

「Luckily I met you.」

我從不知道一句「Are you okay?」可以有這麼深的意義。如果當天我沒有主動關心她，現在的她會怎樣，我不知道，但慶幸我有把應該說的話說出口。其實不是什麼偉大的事，就是這樣的我遇上那樣的你，然後互相依靠走了一小段路。我們都是這樣一小步一小步地走著。

討厭說再見但始終要分別。我問她留下聯絡方法，她說在法國因為沒錢交電話費所以號碼早就沒用了。我想起當天在咖啡廳裡，有個女人走過來伸手要錢，她二話不說給了那女人幾歐元零錢。其實我並不贊成直接給錢這些人，因為他們都用這些錢買煙買酒。但她卻認為我們都不真正知道對方的處境。「I won't become rich because of a few euros, but it may really help her to get through one more day.」或者只有真正經歷過難關的人才可以將心比己。那一刻，我自愧不如。有時我會納悶，善有善報、惡有惡報是真的嗎？為什麼努力生存的人最後還是得努力生存？堅持相信是真的有用嗎？在這個扭曲的世界，我嘗試欣賞變形的美態，卻停不了內心的困惑。我無力改變世界，你也無法改變世界。但或者，我們一起的話，至少，還可以一起看世界老去。

把三毛的故鄉裝進口袋

會去摩洛哥的原因,就只是因為撒哈拉。

撒哈拉,地球上最大的沙質荒漠,世界上最不適合生存的地方之一,卻是三毛的故鄉。我對自己說,我要去看一看這一塊土地,那一片什麼都沒有卻能孕育出無數故事的土地。

「撒哈拉是我的海,日月星辰是我的路向。」帶我們進沙漠的柏柏爾人說。橙紅色的沙丘是浪濤,高高低低、無窮無盡。這邊的沙粒好軟好細,無法像在海灘般堆成一座座堡壘,它們就這樣躺著,一粒一粒乾脆利落。赤著腳丫在上面奔跑的感覺像每一步都踩進了一個不深不淺的小水窪,腳底踩開了表面曬紅的流沙一直下沉,直至感受到底層的涼意一鼓作氣地湧上來。

入夜後我和剛認識的友人擱下車子,跑到星空下的撒哈拉嘗試睡在大地的感覺。風很大,我用厚厚的毛氈把自己紮成一條春卷還是能感覺到從地心傳來的寒意。躺著卻睡不了,呆呆的望著夜空和駱駝的剪影。流星每晚都在黑暗中滑翔,但這夜卻特別耀眼。我想,在這種晚上真的有人忍心合上眼睛嗎?

早上六時,大家跌跌撞撞地爬上沙丘等待日出來臨。感動美麗的畫面我見過,我不懂哪個是最美,也不知道會不會永遠記得,但我還是感謝那一刻我們分享了寧靜。如果全心全意,一秒也可以是永恆,至少我是這樣想。

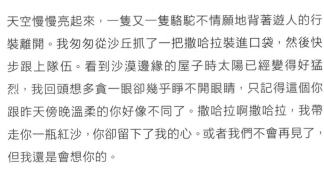

天空慢慢亮起來，一隻又一隻駱駝不情願地背著遊人的行裝離開。我匆匆從沙丘抓了一把撒哈拉裝進口袋，然後快步跟上隊伍。看到沙漠邊緣的屋子時太陽已經變得好猛烈，我回頭想多貪一眼卻幾乎睜不開眼睛，只記得這個你跟昨天傍晚溫柔的你好像不同了。撒哈拉啊撒哈拉，我帶走你一瓶紅沙，你卻留下了我的心。或者我們不會再見了，但我還是會想你的。

有故事的瑜珈女生

有一種人，用痛去記錄生命。

在摩洛哥認識了一個上海女生 Charlotte，用風情萬種這四字形容她絕不為過。或者在香港台灣她稱不上大美女，但無疑大部分外國人都超喜歡這種看起來很中國的亞洲人，尤其當這種外表配上豪爽直率的性格。老實說一開始我不覺得自己跟 Charlotte 會成為朋友，大概就是覺得她太騷吧。然後人愈大愈是驚覺花枝招展是女人的保護色，為的可能是一刹虛榮，又可能是眷戀一瞥春光。

我們在摩洛哥的一個海邊小鎮 Essaouira 相遇。青旅只有我跟她兩個亞洲人，所以我們就理所當然地搭訕。然後我知道她剛從撒哈拉回來，過程大概是她一直攔車要到沙

漠，遇到一個住在那兒的男生要帶她回家，然後她就跟著人家回家。她抱著一條長長的圍巾，說著撒哈拉的星空、紅色的沙橘色的海，還有那徐徐上升的大麻煙。

搔首弄姿去佔便宜是她的拿手絕活，無可否認我跟她一起這幾天也因此得到了不少方便。「那些男生其實也不是付出什麼，就只是幫個小忙，重要的是過程中大家都快樂就好。」是她的口頭禪。晚上她在天台喝酒吸大麻，我在旁邊看著她，她說她很快樂。

Essaouria 臨海，水產豐富，於是隔天我們便一起逛魚市場。原本一百元的螃蟹被她殺價到三十元，我也只能說甘拜下風。她拉著我的手走過遊客區，來到那些真實的民居街市對著烤爐前的小販指手畫腳，不消十分鐘，一桌子的烤海鮮就放在眼前。有時我會想，像她這樣一個女子其實好幸福。人生匆匆，何不瀟灑走一回？管那些對對錯錯，其實又有誰真正在意。

晚上我們回到房間，她一邊脫下內衣一邊說著自己的故事。

「所以你在上海是做什麼的？」
「我是一位瑜珈導師。」

然後她跟我說瑜珈改變了她的生命，帶給她平靜。她過去三年斷煙斷酒，連社交媒體也沒有在用，就這樣一直待在山上，學習跟自己的身體對話。瑜珈令她找到深層的自己，雖然只是靜默，然而她剛好需要的就只是靜默。

「我討厭那些到處擺高難度瑜珈姿勢拍照的人,他們根本不明白。」導師的上班時間是以月計,剛剛完成了為期半年的導師課程,便可以享受三個月的悠長假期。依她的說法就是反正有的是時間,就去摩洛哥逛逛吧。

「有人認為成為導師好難,但我就是跟著做著做著就成了。」大概我們都在找一件這樣的事,只是有些人年輕時就找到,有些人晚點才知道,而絕大多數都是到死的時候才驚覺自己根本從沒有開始尋找。「我沒有想要什麼,就只是單純的樂在其中,沉溺在迷失的過程中。或者到最後找不找到也是無所謂的,至少我會記得那些在路上的日子。」

突然我覺得眼前這個人很真實。

瑜珈導師不應該是那種陽光活力的女生嗎?最好是素食者,注重身心健康,閒時去做運動早睡早起,大概是這樣吧。然而我面前的這個女人,稜角分明、敢愛敢恨,看起來卻更像一個人。安靜未必可以徹底改變一個人,就是單純給了她誠實面對自己的勇氣就很足夠。

晚上她依舊抱著那條長長的圍巾,她說是在撒哈拉那戶人家的老奶奶送她的。我看著她手上一條條不深不淺的劃痕,嗯,我們都是有故事的人。

黑與白的錯倒

埃及

對於埃及，其實我只知道金字塔，其他也是臨行前惡補回來。在我想像中的埃及是塵土飛揚，也是污煙瘴氣。如果你到過摩洛哥，大概都知道阿拉伯人低劣的騙術和各種不要臉的小把戲。他們不要你的命，就只是貪一些小便宜，像蒼蠅。據網絡上的說法，埃及的情況比摩洛哥更嚴重，所以出發前我也對此作好心理準備，若風景本該如此，我們是過客，就憑雙眼見證。另外西奈半島的戰事不時上演，埃及局勢長期不穩，令埃及旅遊的人數直線下滑，有些景點甚至提早關門，車的班次也變得疏落。種種因素都令我對這個地方感覺不怎麼樣，但我相信縱使有千百個理由令我卻步，總有一個原因令今天的我出現在這片神奇土地。

初到開羅，迎接我的是一片開闊藍天。為了省卻被一大班計程車司機纏擾的麻煩，酒店員工一早已經在機場門外接我，然而在機場外面只有兩三個穿著正式的人問了幾句要不要計程車。開羅的機場算是十分體面，但市區的情景跟想像無異，

混亂的交通、喧鬧的人群，時代興衰縱橫交錯。穿過市區後，從遠處就可以看到金字塔。到達酒店的時候金字塔還未到開放時間，我跑到陽台從遠處獨佔金字塔的日出，耳邊只有雀鳥的聲音，內心有一種很平靜的感覺。千年古城歷久不衰，或者時間會沖走大部分東西，亦只有這樣，我們才知道什麼是最重要。

不如想像的埃及人

埃及跟我去過的地方很不同，而埃及人也跟我想像中有很大出入。有時我會想，出生在這塊盛載千年歷史的土地是怎樣的感覺？又有多少人千里迢迢來看他們的後花園？

過來之前聽說這邊的人都很煩厭，有到過埃及的人給我的忠告都是：不要相信任何人，總之遊客就是被活剝生吞的肥羊，所有人也想分一杯羹。如果人是旅途上最美的風景，我只能說有些風景你必須親眼見過。春夏秋冬，各有千秋，何況是人？於我來說在開羅的埃及人是很有自豪感的，或者是因為他們的神，又或是因為他們輝煌的歷史。曾經金字塔底下塞滿來尋幽探秘的人，現在卻只有零星的遊人。無可否認我喜歡這種莊嚴的感覺，也認為寧靜原本就是最好的陪襯，但內心又禁不住覺得這種美是應該被看見，而且牢牢記住。

酒店的人跟網絡上的描述不同，大部分都十分友善，而且看似真心想幫忙，不過也可能是因為這次我訂的住宿比較高級。老闆在全埃及也有合作

夥伴，幾乎可以提供一站式全包服務，當然價錢也比較貴。從流利的英文至中文，各種完善的配套，都可以看得出埃及的旅遊業曾經是多麼風光，然而從他們努力掩藏的眼神中，我卻看到這個時代的衰落。老闆跟我詳細介紹了每一項活動，收費也是明碼實價寫在每一份宣傳單張上面。大概他亦知道外國人是怎樣看待埃及人，所以當我每一次說要先考慮，他都會不經意地洩露一種慌張，然後刻意保持距離說好好好，你先考慮，我們都是無所謂的。生活逼人，但骨子裡的自尊心作祟，內心複雜交戰。或者我們都是自己的奴隸，在最想成為的人與最不想成為的人之間徘徊。

永生的答案

跟酒店的人訂好行程後，第二天便出發看博物館和金字塔。其實我從來沒有想過自己會看到真正的木乃伊，亦不能跟你確切形容我看見面前那具焦黑屍體時的感覺，是驚嚇也是敬畏，是不解也是可惜。他們的個子不高，瘦弱的手指微微蜷曲放在胸前，內臟被掏空剩下乾巴巴的軀殼。原諒我幼稚，但如果醒來時我看到自己變成這副模樣應該是比死更難受。我呆呆地看著這些幾千年的屍骨，想像著他們離開人世時候的心情。金字塔也好，山谷也罷，他們千想萬猜也不會想到自己最後會被放在一個個透明箱子供活人鑑賞。

在 Giza Pyramid 群之中最大的是胡夫金字塔，每塊石頭重 2.5 噸，由 230 萬塊石頭以完美的姿態堆疊而成。我用手感受著每一塊冰涼的石灰岩巨石，摸上去比想像中平滑，很難想像當時的人是擁有何等高超的切割打磨

技術。埃及人相信死後的世界多於現世，終其一生都為未知的來世作準備。然後我想，幾千年來人類在本質上都是沒有改變的——現在的我們又何嘗不是為了那遙遙無期的美好將來犧牲每一個永遠回不去的當下？將來，是最美麗的盼望也是最殘忍的謊言。金字塔之謎或者永遠不會被解開，又可能謎底根本沒有存在過，很多時候我們都不是真正希望得到答案，就只是沉溺在追尋真理的過程中。對嗎？若一切都得到了，我們還有什麼可以追呢？用餘下的一生去珍惜對人類來說太難，真的太難。在歷史的洪流之中我們只是流沙，旅途上看到更多只為明白我們永遠看不夠。每一個輝煌的年代都總有褪色的一天，歷史交替、時代興衰，我們從來沒有擁有也沒有失去。萬物都在循環之中，但我還是固執地確信生命是有意義的，至少每當我凝視一首詩、一件藝術品，甚至置身於這古代文明的時候，有深深被撼動過，那不就是最美好的事嗎？

黑沙漠與白沙漠

遠離所有人類歷史，埃及最令我難以忘懷的土地是黑白沙漠。從開羅出發，大約四個小時就會置身荒漠之中。我不是第一次到杳無人煙的地方，沙漠的神秘面紗我以為自己早在撒哈拉揭開了，然而旅行就是一件愈跑得多地方，愈發現自己走的路其實很少的事。

記得開羅亂得要死的交通，也記得沙地公路的折騰，四個小時的車程像是過了一輩子。快要睡著的時候是一片橙啡色的沙丘，醒來睞著眼看到的仍是那片橙啡色的沙丘。迷濛之間我看著沙丘的顏色慢慢被一層黑色、像是

火山岩石風化後的碎屑覆蓋，遠看倒像一座座燒焦了的小火山。所以我們終於來到黑沙漠。長時間的車程讓我急不及待跳下車伸展筋骨，不過五分鐘後我便開始後悔了。導遊叫我們爬上一座不高不矮的沙丘，說上面可以看到整片獨特地形的全景。當天的氣溫應該有攝氏四十五吧，頭上頂著太陽加上沙地的熱氣不斷向上蒸發，少一點意志力也完成不了那二十分鐘的山路。我喜歡刁難自己，愈是辛苦的事愈要找理由逼自己完成，大概就是種自虐的心癮驅使我一直在路上。寧可後悔也好過遺憾，我一直清楚自己不知所謂的偏執卻從沒想過改變。

山上的風景是無窮無盡的黑色沙丘，像火星也像月球，我卻慶幸自己看到了地球最原始的相貌。這個藍色星球，本來就閃著一種無與倫比的光。近年我常常有 Déjà vu，就是那種似曾相識的感覺，穿越時間，劃破空間，我就知道我們在很久以前經已遇見，在玻利維亞跟智利的交界。又或者地球本是一體，地域、名字、意義，都只是人類的一廂情願。

以為撒哈拉已經圓滿了我對沙漠的幻想，原來埃及的又是另一種美。

四小時的車程顛簸而難耐。

黑與白的錯倒

埃及

離開黑沙漠後我去了一個有著奇形怪狀大石的地方。與其說是石頭，不如說它們根本是一座座拔地而起的石山，每一座都相似，每一座都獨特。我想拍下它們的囂張，也想記下它們的孤寂，然後我發現怎樣的描述都只是冰山一角，有種磅礡你必須親身感受，那是由衷的感謝我們能看到這一切的滿足。坐著吉普車在大漠中穿梭，我才知道沙漠可以有好多種。有連綿沙丘，也有懸崖峭壁；有黑色的，就當然有白色的。所以我終於到了今晚的營地，白沙漠。

所謂營地就是一大片白色中比較平坦的一塊地，附近有一小塊像被煙熏黑的痕跡，應該是不久之前有人在這邊生火。我的導遊、司機兼大廚是當地的貝都因人，到埗後便忙著把車裡的東西搬出來，要趁日落前安頓好一切，而我就跑上了一座雪白的小石山看夕陽。當太陽開始接近地平線時總是下降得特別快，平時根本看不出它是以這般驚人的速度移動。對於每天的日常，我們沒有留意的總比想像中多。忘記過了多久我回到了吉普車停泊的地方，卻驚見兩塊屏風靠著吉普車形成了一個小空間，地下已經鋪好地毯，中間還有一張放了生果和水的小桌子。更令我嘆為觀止的是晚餐竟然有番茄薯仔湯、蔬菜飯和炭烤雞腿，最後當然還有無限甜茶作甜品。或者在荒漠之中能吃到什麼都會覺得分外美味，但無可否認那是一個我不願忘記的夜晚，又可能我們根本不會忘記任何人、事，我們都已經變成了他們。

晚上我席地而睡，宇宙穹蒼就在眼前，星空好遠又好近。那個晚上沒有月亮，每一顆星都顯得特別明亮，流星大概每過幾分鐘就出現，而我卻一早戒掉了許願的習慣。我常說寧願後悔也不要遺憾，心裡有想做的事就去做，

然而我卻突然跌入一種迷思——到底後悔跟遺憾應該怎樣區分？每一次獲得其實亦同時代表失去，擁有選擇權的人是幸運的也是殘忍的。人生好短，我們都是不完美的人。

月光派對

哥倫比亞

攝氏四十五度，我又把自己掉在一片荒蕪。我不特別喜歡沙漠，比起山林比起大海，沙漠總是比下去，卻又是我會不斷回去的地方。來哥倫比亞之前我已經知道在南部的 Tatacoa 沙漠，那片怪石嶙峋的紅色海洋，只是那時的我不知道自己將會在這片荒蕪之中再次被深深感動。啊，對了，你知道很多沙漠的前世都是海洋嗎？容貌縱然會改變，但自由的靈魂嘛，是會一直存在的東西。到埗的時候是正午十二時，前幾天還在海拔三、四千米的高山嚷著說不要再忍受冰冷，果然轉身就躺在一個大火爐之中，好極。

太熱，沙漠的熱是會把人迫瘋的。頭頂上的炎陽是狂暴的，在一大片遼闊之中根本無處可逃，然而腳底的蒸氣是溫柔的，一寸一寸像藤蔓般纏繞，再慢慢滲入毛孔中。我躺在吊床上享受每一下搖曳夾雜住的空氣流動。從前聽說心靜自然涼，轉變不了環境就改變心境這倒是真的，反正別人到健身房也只是追求流汗的感覺，我現在躺著就有。暮色將近，我跟幾

個剛認識的法國人寒暄了幾句後又跳上吊床,沙漠的日子就是這樣平淡如水,卻對滋養生命本身何其重要。

想飛的人

大約四點,炎陽總算收起了一點怒火,我跟法國男生 A 租了單車去附近的紅色沙漠,還有遠一點的灰色沙漠看看。A 是一位攝影師,必須承認我是看到他拿著最新型號的單反和不錯的鏡頭而有興趣跟他說話的。「你也是攝影師啊?借你過一下手癮吧。」我興奮地接過相機,啊,好想念單反的質感呢,「咔嚓」快門的聲音清脆利落。這次南美之旅因工作關係沒帶自

己的單反相機，此時難得可以好好拍幾張照，我就叫 A 當模特兒讓我拍拍看。比起風景，我更愛人像攝影。我好享受讓對方在鏡頭面前展現最放鬆的自己的過程，捕捉瞬間的情緒變化，記錄當刻的悸動或平淡，然後我發現每次舉機，A 總會背對鏡頭張開雙手。

「What are you doing?」
「I am flying.」

啊，是想飛的人。

「I want to be free, like a bird in the sky.」

迷幻沙漠

其實我一直在等待，等夜的到來。如果正午的沙漠是暴烈或者溫柔的，夜晚的沙漠就是充滿智慧。大約九時左右天色已經全黑，大夥兒也準備走到沙漠中心碰碰運氣。我們一行五人，帶著烈酒和擴音喇叭出發，沿途誰也沒有開電筒，怕打擾了夜的寂靜，然後你會發現在黑暗中行走是很好的信任遊戲，如果你願意。我喜歡跟陌生人一起，那些背著我永遠讀不懂或是根本沒辦法看到過去的人。我們用最原始的語言溝通，撇去虛偽假裝，是一種溫柔的赤裸。我們都在地球上某個地方，作一個異鄉人、一個最誠實的人，像一張攤平的白紙，儘管有幾道摺痕。反正你跟我都一樣，沒有一個想去的地方，就只是想離開。

我抬頭望天，很久沒有看過繁星滿佈了，南美的雨季總是煙霧瀰漫。聽說火星是我們的故鄉，北斗埋藏誰的秘密，獵戶座又是某某星人的家。我們圍成一圈坐在一大棵仙人掌旁邊，音樂、酒精好像還有大麻的氣味，有人開始哼著歌，又有人在跳舞，像古時的原始部落一樣，我想人類從古到今所追求的快樂大概從沒改變。天邊不知何時掛上一顆橙黃色的滿月，我問其中一個女生那是什麼，太大了根本不像月亮。全部人的靈魂就在那一瞬間突然被宇宙吸去，星星頓時顯得暗淡，像一同期待著一場神聖儀式。如果真的有世界末日，應該就是這個模樣。

在月光的映照下，我們的影子好小好小。在曠野中深深地感受到人類的渺小讓我由衷地感到滿足。我願與自然融為一體，我是石頭、露水、花朵，是風是雲也是雨，那一刻我彷彿能體會到物我兩忘的快樂。人的靈魂本來自由，血肉之軀是有形的枷鎖，而慾望執著是無形的捆綁，唯有在一片虛無中我們才記起真正的世界其實不假外求，此時此刻可以互相見證彼此的存在就是最大的幸福。

原本只想看看星空，到外面隨便走走，怎料兩小時一晃就過，酒早早被喝光，有人提議明天到最近的村莊多買幾支 Vodka 和可樂，然後大夥兒一起多留一個晚上，準備要開一個 Full Moon Party。所以翌日同樣時間，我們又回到了那片土地想看月升，但是什麼都沒有。他們如常播起了音樂，有人抽煙，有人喝酒，但我總覺得格格不入，甚至為「不可能再重新體會到昨天的快樂」而感到失望。這些以自由為名的派對，到底扼殺了自由本身。我是不應該留下的。

月光派對 —————

————— 哥倫比亞

陪我繞一點遠路好嗎

- CHAPTER -

3

062 — 095

一直走路

尼泊爾

「人總是在接近幸福時倍感幸福，在幸福進行時卻患得患失。」——張愛玲

有沒有這麼一種氣味，有沒有這麼一種溫度，有沒有這麼一個地方，埋在心臟最盡處？不敢大力呼吸，怕香氣都被吸光；不敢偷取太多溫暖，就怕一個突如其來的寒夜；不敢去踏足某一個地方，怕一開始就結束。

太珍惜，是我對你僅餘的固執。就只是遠遠地看著，卻用盡了畢生的力氣。

Loving you is not a difficult thing, loving you enough to let you go is.

尼泊爾中北部有一座山峰叫馬查普查雷峰 Machapuchare，又名魚尾峰。尼泊爾人視為全喜馬拉雅山脈中最神聖的聖山，從未有人類踏足過峰頂。

山中日記

沒有到過尼泊爾的人，怎能說自己看過了山呢？神聖高潔、巍峨挺拔、雪海冰山，這些都不能好好形容。山，在這裡就是山。任何一個形容詞都不能達到那種高度，像小孩子仰望大人的高度。我們擦身而過，而你只用無盡的沉默回應我的喘氣聲，但我還是能感受到你的存在，我就在你之中。這段記錄，是小橋流水，也是天山飛雪；是經輪的流轉，也是夢的足跡；是世界的旅人，是我也是你。如果人的靈魂會不斷輪迴，肉身在凡塵中轉世修行，那麼這一段路就是讓我發現通往另一種感知的秘密通道，看一眼那團純白的光的一扇窗。是真的，我想我發現了另一個世界，那個人類不應存在的世界。山有一種神奇力量，一種令地球人忘記地上繁瑣的力量。

走路。在這裡大家心中都有同一個目標，走路。一個人、兩個人、三個人、
四個人⋯⋯我們在山中相遇相知、分享擁抱。是的，雪地上的印記還是會
消失，我們還是會分離。山終究是山，但對於那些走過這麼一段路的人、
那些追夢的人，他們早已不再屬於從前。

Annapurna Circuit　第五日　晴

依舊六時半起床，把東西塞進背包，吃早餐，然後沿著山路一直走。在海
拔三千多米爬山，頭半小時通常比較吃力，但適應了就好，雖然還是會不
時感覺到左邊腳踝的水泡在靴子裡磨擦。

今天的路程是要由 Ghyaru（3670m）走到 Braga（3439m），大約需要四
至五小時。要到 Braga 有兩條路線選擇，一條是平路，一條是要連續上坡
一小時然後又落坡半小時的路。對於連續走了五天山路的我來說，心裡其
實有些猶豫，但最後還是跟大隊選了比較難行的路。

一直上坡，景色的而且確很美，但心的疑惑卻未有減退。這個選擇不是真
正屬於我的。要走的路似乎沒有盡頭，加上山上空氣好稀薄，每一步也只
能靠薄弱的意志力完成。我們到底為了什麼要一直走？好累，好想停下來。

Annapurna Circuit　第六日　晴

正常來說今天應該是休息日，用來適應高海拔，也是用來調節心情。但在
這邊有一個地方叫 Ice Lake，聽聞有著令人驚嘆的景色，大概就是一個高
山湖被連綿不斷的雪山包圍的感覺，所以我們就決定把休息日延後一天，
在筋疲力盡之時挑戰一下人體極限。

瘋了，真的是瘋了。由 3439 米爬升至 4600 米再沿路折返，四小時連續上坡，當然還有三小時連續下坡。有時我不太懂分辨我們到底在挑戰自己還是我們只是一班瘋了的人。但既然已經來到這裡，實在沒有不去看一下的理由。我和你，在短促的一生中，也許就只會有這麼一次相遇。

周圍好寧靜，只有自己沉重的呼吸在攫取空氣中僅餘的氧氣。那座雪山是多麼美麗而冷酷，凝視著一個又一個渺小的攀山者。然後昨天的懷疑又再一次攻陷我的意志，這麼辛苦是為了什麼？看到了神級美景又怎樣？證明了自己可以又有誰真正在意？攀山講求體能，更講求意志。

我不太喜歡勵志電影或是勵志歌，總覺得過分的勵志養分令人感到好噁心，但這一刻我知道自己只需要純粹的說話去告訴我一切是值得的。然後我從 playlist 中選播了 Lalaland 中的 Audition（The Fools Who Dream）

//A bit of madness is key
to give us new color to see
Who knows where it will lead us?
And that's why they need us
So bring on the rebels
The ripples from pebbles
The painters, and poets, and plays
And here's to the fools who dream
Crazy, as they may seem

Here's to the hearts that break
Here's to the mess we make//

人在意志力薄弱的時候特別容易被觸動,音樂似是早有預謀的在我一拐彎時到達了高潮,然後一座座雪山就浮現眼前。此刻我仍然不知道這段路會怎樣影響我之後的人生,但這種感動我已經太久沒有感受過。心跳的感覺,流汗的感覺,活著的感覺。這一刻,我選擇相信,一切都是值得。

Annapurna Circuit　第七天　晴

終於來到休息日。終於。

今天心情異常興奮。六時十五分醒過來,看了一眼窗外的雪山,然後滿足地睡了兩個多小時。為了獎勵辛勞的自己,又點了一份芝士多士、雞蛋蔬菜配熱咖啡作早餐。坐在暖爐旁看著雪景,跟一起走了七天的戰友談笑風生,如果沒有遇到他們,我可能沒有那麼快可以重拾心情。一般來說我不太喜歡跟別人分享回憶,連續兩個多星期朝夕相對,只要稍一不慎就會破壞了整段美好旅程,但這刻我真的好感激遇到他們,能互相支持去一起完成這件事。

休息日的行程好簡單,由 Braga 走到 Manang 只需二十五分鐘,行山鞋也用不著便輕易達陣。到達山屋放下行裝,穿著短褲拖鞋跑到旁邊的綠湖看看,學著路邊的山羊咩咩叫,然後又買了蘋果批配上熱茶,在公園曬著太陽寫著明信片。

休息日的豐富早餐。

好安逸的一天，亦代表著我們離行程中最艱苦的部分愈來愈接近。一定會成功的，一定會成功的，我對自己說。

Annapurna Circuit　第八天　晴

六時半，攝氏零度，友人掛在外面的毛巾變成了一塊硬硬的冰板子。今天起一連三天我們會暫時離開一下 Annapurna Circuit，到世界上最高的湖 Tilicho Lake（4919m）看一下再回來。原本今天的路程應該要走到 Tilicho Base Camp，需要六小時，理應是十分艱辛的一日，但由於其中一位隊友 Lien 身體不適所以就決定在 Base Camp 前一站 Siri Kaka 停下來留宿。

下午十二時我們便到達目的地。每天中午時分山上都會變得超大風，所以我們一行六人便躲進 common room，看書畫畫吃東西。山上不是常常可

以接收到網絡,而且每到傍晚六時大廳都會點起一個大火爐,所以基本上所有人都會圍著火爐聊天或是玩玩撲克牌。以色列女生問我,你不是說你不喜歡跟一大班人一起的嗎?別看我平時大癲大肺,其實不太喜歡多於四人的聚會,大概我已經厭倦了那種不太有營養的寒暄。但這八天走來,我倒是十分感激能遇上我的隊友。Javi 是有九年攀山經驗的智利人,我常說她是我們的媽媽。聽 Franco 跟 Stefen 對話,上至天文下至地理,總會令我反思自己的無知。Lien 是我想成為那種內心堅強但又不失溫柔的女生。Sapir 是從前的我,提醒著我是怎樣一路走來。那麼你覺得我是什麼角色呢?我問以色列女生。You are an observer, you listen.

Annapurna Circuit　第九天　晴

把昨天的行程分兩天進行,所以今天又可以睡到自然醒。十時出發,兩個半小時的行程,看似簡單但其實是最危險的一段路。

臨近 Base Camp 的路最為陡峭,幾乎全條路也鋪滿碎石,而且每秒都有機會被落下的石頭擊中,所以大家都分外小心。幸運如我當然是在兩步之距看著一顆大約拳頭大小的石頭從右上方快速滑落,然後聽到身後的隊友突然大叫「Watch out!」,我才有驚無險地避開死神的號召。

大約下午十二時,我們又比預期中早到達目的地。Sapir 和 Steven 在山屋門外打起雪球戰,累了就回到 common room 休息。我搬了房間的棉被出來,在被窩中凝望著窗外的雪山飄雪。人生中究竟可以有多少日子坐在喜馬拉雅山脈中,靜靜享受此時此刻呢?

在 Tilicho Base Camp 寫生的原子筆素描。

Annapurna Circuit 第十天 晴

終於來到重頭戲，Tilicou Lake。五時半極度不情願地爬出被窩，好冷又好睏。同行的友人敲敲窗，我睡眼惺忪地看到了傳說中的日照金山。在睡袋中糾結了幾分鐘要不要往外跑，然而當我終於決定要把這一刻拍下來時，天已經全亮起來。唉，人類總是要犯著相同的錯誤。

Tilicou Lake（4919m）是一個被一群雪山包圍的碧藍湖泊，雖然路途較危險，但所有走 Annapurna Circuit 的人如果有時間的話都一定會走這條 side track。我對於中間的路段沒有什麼印象，就只是記得風在山谷間亂竄，發出一種好特別的聲音。我相信大自然的靈魂，在森林、田野、高山、低谷、河流、大海。它對我們說話，有時是一首歌，有時是一齣話劇，每一次都是獨特的。這次，我聽見的是一種莊嚴敬畏。在群山面前，我們不妄想征服，只求一刻相遇。

我硬著頭皮一直向上爬，直到某個瞬間我抬起頭，看見一片冰雪天地。四月的 Tilicou Lake 被厚厚的冰雪覆蓋，整個畫面就只有一片白色和一座座連綿山嶽。我走到湖的前面眺望，想看清楚這一片白，但風勢實在太猛烈，要站在湖前多於十秒鐘幾乎是不可能。我匆匆跑到一塊石牆後，待身體回暖又跑出去看了那結冰的湖一眼，然後又跑回去。

來來回回了五、六次，我還是不太記得冰湖的樣子，就只記得那種冷徹心扉的感覺。老實說個人比較喜歡幾天前的 Ice Lake 多於 Tilicou Lake，可能因為今天風太大令我無暇欣賞，又可能是又遇上另一次審美疲勞，但實際上我待在 Tilicou Lake 的時間卻比 Ice Lake 長。對喔，我多花了三天時

間，付了額外的金錢，走到半死才到達這個地方，就算沒有驚為天人的劇情，至少也應該是一段可歌可泣的戲碼。有些事本來就是徒勞無功，我明白但不打算接受。說穿了，其實就只是不甘心。

Annapurna Circuit　第十二天　晴
一路上天氣正好，清晰的雪山景色美得讓人屏息。

凌晨三時半吃了碗蒜頭即食麵，戴上頭燈，向 Annapurna Circuit 最高點 5416 米的 Thorang-la Pass 進發。

凌晨四時，滿天星光。好冷，每一分鐘我都伸展一下那十隻埋在手套下的手指，確保它們還沒有被凍壞。空氣中的氧分比平時更低，我大口大口地呼吸著，配合緩慢的腳步，四十五分鐘後終於到達了 High Camp。

凌晨五時。我隨便坐在一塊大石上，一邊顫抖，一邊看著山腳微弱的光緩緩向上爬，像一隻隻漫天飛舞的螢火蟲。飛啊飛，終有一天我們都會變成天上的星星，對嗎？

凌晨六時，我已經感覺不到我的手指。上山途中有一間茶屋，所有人都在一瞬間擠進那間小小的木屋。一杯熱茶港幣十六元，用作救命來說絕對不算貴。大家脫下手套，雙手捧著裝滿攝氏七十度熱茶的不鏽鋼杯，喘著氣，說不出一句話。一道橙黃色的光從木板之間的夾縫透進來，我回頭看到了

一直走路 —————— 尼泊爾

喜馬拉雅山脈的第一道晨光。這是我第一次打從心底裡感激陽光的來臨。

凌晨七時。太陽出來後,氣溫明顯回升了不少。周圍都是白茫茫一片,穿上冰爪令我不至於滾下山,但還是難免舉步維艱。只差一點點就到終點了,走了十二天,我的心情是多麼的複雜。好想快點完成這段痛苦的修行,卻又多麼不捨身邊的一切和這個堅持的自己。

凌晨八時。我拖著沉重的腳步,一步一步,終於看到了那七色彩旗。

「Hey Kanya! You are almost there! Come on!」

Javi 從遠方跑過來,大聲嚷著。她一手拉著我的行山杖,把我的軀殼拉到終點。到了。5416 米,終於完成了。一陣歡呼聲傳來,大家互相擁抱握手。我不能形容那種心情,是感激,是如釋重負,是激動,是筋疲力盡。

心情平伏過後,我看著那塊寫著 5416m congratulation for the success 的木牌,其實沒有很大感覺。標誌本身是沒有意義的,走了那一段路也或許無關痛癢,真正令我感激的是站在我身旁的隊友。十二天雖然不是什麼長時間,但我們經歷的卻不是可以用時間量度。有一段時間我以為自己喜歡獨來獨往,我更認為自己已經開始對旅行產生厭倦,但原來這些都不是真的。我熱愛我的生命,我還會對世界好奇,就只是等那些對的人,對的事。

The best is yet to come.

率性的丹麥女孩

二零一七年三月九日，我親身踏足喜馬拉雅山脈。我從沒有想過除中南美以外自己會這樣喜歡一個地方。原本想待三四天的地方卻待了十多天，這裡是尼泊爾的 Pokhara。

Pokhara 是一個擁有著漂亮湖邊和山線的小鎮，天氣好的時候在湖上泛舟可以看到伸手可及的雪山。在外的日子生活總是特別有規律，每天到湖邊散步看牛兒也看人兒，偶爾想運動就去爬山，餓了就到同一家素食店閒坐看書寫作，黃昏又跑回湖邊看日落。旅行是讓自己從一種習慣跳到另一種，可能是知道在這邊的日子總有限期，我竟開始享受習慣帶給我的平靜和人與人之間的關係。

從前選擇旅行地方時會想自己希望看到什麼，可能是山可能是海，但現在我會想在旅途上希望跟什麼人並肩。我想，會喜歡尼泊爾的旅人大概血液中都流著同一種化學物質吧，對自然的仰望、對自由的盼待、對自我的追尋，都牽引著世界的人來到這一小塊土地。

遇到一個丹麥女生，喜歡她的率直喜歡她的幼稚，更喜歡她手臂上的紋身——一隻手掌大小的樹懶爬在她的二頭肌，旁邊寫著「live slow, die whenever.」我問她穿晚裝時露出這樣可愛的紋身不會很奇怪嗎？她說 I don't care。所以你應該明白我為什麼喜歡她了吧。

當時我們都是二十四歲，我住六人房，她說她老了受不了年輕人的瘋狂要住單人房，所以我們分別住在巷頭和巷尾。我說要用十六天走 ACT，她說她只有十天所以就走另一條山路。有時我在河邊漫步會碰見她練跑，有時她在餐廳吃飯會撞見我發呆，有幾個無聊的午後我們就相約到附近的山頭跑跑跳跳，然後晚上一起吃比薩看電影。

我喜歡這種朋友的感覺。

人大了漸漸發現所謂朋友並不會再跟你上學放學，每天聊電話，沒事跑到你家吃吃喝喝打電動。我們開始明白每個人都是獨立個體，學會包容接受體諒和珍惜。沒有誰失去了誰就不能活，只是內心知道有個人在的感覺太溫暖。我們或者不完全明白彼此所做的每一件事，但從不會嘗試去勉強改變對方，畢竟到了這個年紀有些決定還是得自己負責。留守靜聽，接受大家不完美的完美，是最簡單卻最窩心的事。曾經的朋友、在心裡的朋友、在身邊的朋友、以後的朋友，我們永遠不知道哪是最後一次，有發生過就好。

再一次遇見

秘魯

離秘魯首都利馬八個小時的瓦拉斯位於海拔 3000 米，是一個被群山包圍著的寧靜小鎮。一段時間沒有在山中遊走，時間往往只留下美好的，而我記得在高海拔行走的辛酸，卻再也想不起所謂辛酸到底有多難受。大概是這樣，我又決定把自己丟到四、五千米的高山上，好好折騰一下自己。高海拔生活於我來說是充滿誘惑的，我甚至開始覺得低於 3000 米的山已經滿足不了我對山的渴求，唯有那漫山遍野的雪白和高不可攀的尖銳山峰可以安撫我躁動的靈魂。喜歡山的美好，但原來真正的喜歡是發現自己掛念你所有的好，更沉迷你所有的壞。

淨化靈魂的山旅

第一天剛到埗，不想報團又想先到附近走走熱身，就去了離小鎮只有一個多小時車程的 Laguna Churup，湖位於海拔 4500 米，路程亦只是一個多小時，理應是園內最容易的健行

路線，但最後仍然是以瀕死的姿態攻頂。事源是這條路線的前四十五分鐘實在算不上難，但在 4000 米以上的山上，光是默默行走已經足夠把意志蠶食乾淨。最後半小時根本就是手腳並用那種爬山，某些位置還會有一些繩索提供協助，以確保你不會太容易死去。我看著前面的人一個一個拉著繩索上升，心裡想著不是第一天只要稍為熱身一下就好嗎？為何我非要弄得自己在懸崖邊緣不可呢？快到了，快到了，說到第一千遍的時候，終於也就真的到了，然而面前碧綠色的湖泊算不上驚為天人，後面的雪山亦因為雲霧太大只看到一大片灰。所以就是這樣嗎？大概我們都總是愚蠢地覺得努力付出後值得多一點點美好。

我隨便坐在一塊大石上看這片天地，雖然面前景色跟所想有點出入，但平靜下來之後心中還是有一種說不出來的滿足。曾經有一個德國人跟我說「If you are not wet, dirty and tired, you are not having fun.」我想他是對的，在外的日子超過七成時間都待在山上。有人問：「你很喜歡行山嗎？一直走路不覺得累嗎？」累。當然累。從前喜歡行山算是迷戀那種征服的感覺。征服山，征服自己，或者被征服。現在喜歡山，或者是因為單純的喜歡蟲鳴鳥叫，潺潺流水吧。在自然中，我確實感覺到地球上生命的聯繫，亦只有這樣，我才可以把所有的專注力集中於一呼一吸，真切地感受自己對生存的渴望。在城市生活，每過一天街道上的廢氣就把自己籠罩多一點，漸漸形成一層薄膜。然而山有一種潔淨靈魂的力量，像撕開橘子上的薄膜一樣，慢慢把那些緊緊粘著的凡塵慾念從每一寸皮膚撕下，然後露出一顆顆晶瑩剔透的果肉。可惜並不是每個人都渴望得到救贖，有些人就是天性不合背包又嚮往旅遊光環，結果就是體驗為名，受苦為實──說的是令身邊的人受苦。

旅行還是苦行

遇見一個印度人，他說他辭職旅行一年了，去過數十個國家當中有苦有樂，但更多是不習慣、不接受和不耐煩。在南美幾個月，一句西語也聽不懂，一邊抱怨這邊的食物不對味，一邊罵送早餐的阿姨錯給他煎蛋。上山的途中我們跟很多人擦身而過，大家都會禮貌說聲 Hola，他卻從來不說，唯兩次例外，一次是他想要問路，另一次是幾個比堅尼辣妹經過。我問，旅行中的你快樂嗎？他硬生生地吐出什麼會遇到很特別的人、有很多有趣的經驗等場面說話。然後我問，那你什麼時候要回國？他說只要快快「解決」接下來的幾個國家就可以回去了。我們到底為什麼旅行？為什麼把自己丟在地球的另一面？難道除了得到一種跟朋友說我環遊世界的虛榮感之外，就別無其他嗎？他說自己今年三十有五，無家庭負擔，事業平平，感情亦無起色，那就只有瘋狂旅行能讓人認得自己。於他而言，人生是一張清單，名利、家庭、事業，完成所有選項就是人生贏家，而旅行是當中一樣他有把握完成的事。那於我而言呢？每次遠行中我渴望得到什麼，又期望為世界帶來什麼呢？大概我想的就是遇見每一種人吧，像這個印度人，或是在摩洛哥的女人、想要飛的人，或是活在過去的人。我想自己是一扇窗，向你展示生活另一種可能性，並邀請你跟我一起見證每段金黃色的歲月。掙扎可能痛苦，但我想也是好的，最後我們都會為選擇負責，但至少容許自己有看見選擇的勇氣好嗎？

再往北一點走是查查波亞斯，聽說那是一個充滿古代文明歷史色彩的小鎮，實際可以到訪的景點很多，但每座遺跡、山林都相隔甚遠，有些甚至

要包車前往。在青旅中，我跟幾個旅人圍在廚房一角，埋怨著明天又得在這個小鎮多留一天。有的目的地是世界盡頭烏斯懷亞，有人要沿陸路一直去哥倫比亞，有人只想漫無目的浮游。無論如何，花接近一個星期的時間待在一個原本只預計留上兩天的小鎮，怎麼說也是奢侈懶惰至極。然而我們都深知這種埋怨是幸福的，從頭到尾大家都不想離開，最好明天又有一個新藉口，例如誰突然發現一個驚為天人的秘密景點，又例如誰突然頭痛腳痛要休息，讓我們有個冠冕堂皇的理由多留一天。旁人眼中我們都是無所事事的人，這種行程既不充實又不精彩，但於我來說可以找到一個願意滯留的地方其實是很快樂的事。那裡有熟悉的水果攤檔，有一個我們每晚去買麵包的地方，有幾個閒時碰見會聊上幾句的路人，有那個原本叫 hostel 然後不知怎地變成了 home 的地方，還有一個讓我腦海裡閃過「如果可以一直在一起就好」的人。

途上遇過對的人

很多人問我在路上的日子，有遇過對的人嗎。說完全沒有是騙你的。

我走過了大地，橫越了海洋，經過了那個叫故鄉的地方，遙望著永遠到不了的永遠。相信嗎？在同一個時空中有另一個靈魂跟你一樣，相信你所相信的。在你仰望滿天星光時、在你放空發呆時、在你拒絕相信一切時，像沾在浪頭邊緣的白色泡沫，緊緊把你包圍又消失。你說，遇見你真好。那時候的你不知道，那個孤獨的人走了五萬六千八百公里，最後貪的就只是這一句，遇見你真好。

再一次遇見 ──── 秘魯

我們在彼此最好的時刻相遇，可惜旅程中的戀情都是浪漫而短暫。遇過太多人，在旅途中找到那個誰，很自然一直走下去。直至有天要分別，你問我會到你的國家嗎？我說總有一天吧，然後繼續遇見，繼續分離。你不帶走、我不留下，沒有一廂情願，也沒有互相虧欠。如果要選擇，此刻我還是選擇了自己，亦因為這樣我們才會相遇相知，然後按照劇本到某一個場口就微笑分離。一直在路上的人對我來說無疑是有一種特別的魅力，活在當下，永遠對世界好奇，說到底路上的愛情總是美好，撇去生活、撇去現實，在異地相依為命的兩個人，怎會沒有幻想過就這樣一輩子呢？可惜一輩子太長又太短，長得叫那個野孩子不得不想念遼闊的草原，短得我們未及好好道別就相隔千里。可以心甘情願為另一個人活得更好是種難得的幸福，即使此時此刻，我仍然願意去相信海枯石爛的愛情真正存在，問題是，此刻的我承受得起嗎？

我們在星光下、微風中、山谷裡相遇，外面的世界很好，而我由衷地相信真正的自由是找到依歸，但人就是有惰性啊，回到故鄉我們還是一樣的人，有柴米油鹽、有習慣、有原本的樣子。關於愛情，每個人的理解不盡相同，亦會隨時間轉變，你需要的並不是答案，就只是一個跟你想法一樣的人；傷害你的不是誰，就只是你的執著。你要記住，我們相遇過所以這就是最好的時刻。旅途上的分別都是美好的，因為我們都是迫於無奈碰巧各自要踏上旅程，而不是因為厭倦而離棄對方。在最美麗的時候結束是最好的，我們不都喜歡擁著遺憾說好美好美嗎？最後原來我想說的不是想念你，也不是我愛你，就只是單純的謝謝。

長途旅行的日子其實不比在任何地方充實，除了跑景點以外，很多放空發呆的時間和相遇分離的瞬間都在不斷發生。第一次錯過了，總有第二次第三次，只是遇到的人從不一樣。命運重複出題，我重複練習。好好說再見是我給自己的課題，但我想我是永遠學不會道別的人。有時我會疑惑，日出和日落是怎樣區分？相遇和分離又可以怎樣釐清？所以答應自己認真享受每一刻相遇，反正相遇就是分離對嗎？然後我們再也想不起從那天開始為什麼彼此不再相見，又可能只是不想去承認自己其實自私。對未來有憧憬是危險的，為了所謂未來，我們必須捨棄現在。所以我是心甘情願離開的，為了前往想像中美好的未來，所有現在的難過我都應該承受。貪嗔癡沒有不好。我們愛，我們活著。我們傷害，我們活著。至少我們感覺活著，那不就已經是最大的幸運嗎？

千次回眸，才換得今生與幾個你擦肩，戲中的人，演過一秒亦算動心。我們都念舊，但卻不真的願意回到過去。如果有下一次遇見，你不再是你，我亦不可能再是我。回憶中的我們不變，然而關於未來，學到的，留下一位領教。

毀滅與重生

危地馬拉

危地馬拉,上午七時正,氣溫十八度。我背上十四公斤的背包,裡面有睡袋、帳篷、食物、水和一堆保暖衣物。爬山團安排的巴士在我住的青旅門前停下,導遊走下車叫著:「Chan? Are you Chan?」我想這裡也應該只有我一個 Chan 吧,嘻嘻哈哈就跑了上車,要去爬火山也要看火山。

第一次爬火山是在紐西蘭北島爬魔戒山,記得那天天未光就開始一直爬,當時我一身到公園散步的衣著,踩著鞋底已經磨到幾乎可以溜冰的運動鞋,不知袖裡就出發,最後在九小時內重複上演二百遍滑著上山又滾著下山的戲碼,屁股都快要摔得開花。火山跟普通高原的山不同,他們沒有流水潺潺也沒有鳥語花香,一路就是灰灰黑黑的火山灰和細碎的小石頭,極其量會有幾個火山湖在沿途為你打氣,比起其他高山似乎不太好走,亦想不到有什麼理由要辛苦自己。若要繼續數不走火山的原因或者還可以找到千百個,然而讓我再次挑戰的原因只需要一個——滾燙的熔岩。

爬到雲上看熔岩

起點在大約 2900 米的山腳,目標是 3976 米的 Volcano Acatenango。樹林間濕氣很重令泥土變得濕濕答答,我們把一個個沉重的腳印烙在泥巴上,又踏著前人的腳印向上爬。一步,兩步,空氣中的濕氣愈來愈重,我們用垃圾袋裹著脹鼓鼓的行囊,用毛孔感受水的重量。同行友人問,快要下雨了怎麼辦?領隊答,那我們走到雲層上面不就可以了嗎?答案是那麼理所當然,我卻從來沒有想過自己有攀越雲層的選擇。在海拔 3000 米行走,幾乎每十五分鐘就要稍作休息,經過五小時不斷爬升後我們終於到達露營地點。攀過了雲層的天空是一大片無邊無際的湛藍和對面的火山露出尖尖的頂端一直冒煙,領隊說入夜後就可以看到閃爍的熔岩,叫我們先安頓好自己的行裝。

大家趕緊在天黑前紮好營後就一起圍著火堆取暖,有人帶了一大包棉花糖上山,到現在為止我還是覺得那是最聰明的舉動。我們隨便拾起地上的樹枝充當燒烤叉,一邊看著棉花糖慢慢烘成金黃色,一邊大聲唱著自己國家的歌,分著小銀罐內的烈酒。喜歡火的顏色、火的熾熱,彷彿看著火,時間就會停止。火有一種神秘魔力,吸引我慢慢靠近。有時我會用食指和拇指快速捏住火的尖端然後縮開,再滿足地看著自己微微燻黑的指尖。每一次我都讓過程延長一點點,直到有一次食指紅了一片,指紋好像消失了。過程有時痛苦,然而很多時候我們並不真正感受到痛,所謂痛只是配合著人類的道德規範,只有這種心甘情願的燃燒完全屬於自己,這樣很美。有時我會覺得自己像那株獨一無二的玫瑰花,活在一個巨型玻璃罩中,細心

地被保護又安全地被隔離。只有每一次把手從火光掠過的瞬間，我才驚覺
自己有燒傷的機會，然後又更想珍惜脆弱的生命。圍在我身邊的這班人，
恐怕也是同樣有自虐傾向，才會千里迢迢要來爬火山吧。

晚上九時，大家都爬進帳篷，準備明天四時起床迎接日出雲海。我獨坐在
山邊呆看對面每隔十分鐘就爆發一次的火山。紅色的岩漿在漆黑夜空中特
別明顯，爆發的聲音像時遠時近的槍炮，每一下都重重地打入心臟。岩漿
像煙花般從火山口四方八面爆出，剩下的就從火山口湧出再緩緩向下流動
直至燃燒殆盡。我想每一次火山爆發都是地球的心跳，那血紅色的液體，
像生命也像宇宙。我們踏著的土地下有超過攝氏一千度的液體在流動，一
有機會就會隨時衝破地殼湧上地表，一直潛伏在地心的那個暴烈靈魂亦在
此時傾巢而出。地球每年有超過五十次火山爆發，破壞力足以在幾分鐘之
內完全摧毀一座城鎮，但同時當熔岩流入大海冷卻後，又會形成一塊新的
土地，萬物歸零就是一切重新開始的契機。毀滅與重生，往往都是同一件
事情。

清晨五時，空氣中淡淡的濕氣滲著植物的味道。我們一步一步攀上最後三百多米，趕在時間重新運行前登頂。我坐在山頭上等第一道晨光慢慢從黑暗中浮現，這樣的等待好漫長但又好浪漫。記得當時風很大，期待晨曦的心卻是溫暖的。有人說黎明前的夜總是最黑，那我就好好躲在黑暗之中，如果有一種期待永遠不會實現，那可能會是美好的事。我看著電話的屏幕顯示，又在跟時間玩紅綠燈的遊戲。你不發現嗎？你愈是看它，它就愈是不動，然後一個不留神，它就跑去海角天邊了。天空就在這瞬間出現了一條橙黃色的線再慢慢染開，直到我能清楚看見腳下每一片雲朵的形狀。天

地像一朵含苞待放的花，一瓣一瓣慢慢展開，綻放出我從未見過的顏色。對面的兩座火山穿過雲海探頭互相對望，從小我就喜歡想像自己有天可以躺在雲層上，直到有次玩滑翔傘從高處跳下，我才發現動畫中的畫面永遠不能實現，所謂軟綿綿的雲朵原來只是一層厚厚的煙霧，還是快快下山跑回我溫暖的床鋪再睡好了。爬上山用了六個小時，滾下山就只需兩個小時，每一秒鐘都可以感受到空氣中的氧氣又多了一點，膝蓋的軟骨又磨蝕了多一點。有時我會覺得上山的過程無疑是痛苦萬分，但下山卻更容易消耗人的意志，想看的都看過了，不再被沿途景色撼動，也不再對終點有所期待，拖著之前所有勞累，一心只想趕快回到被窩。當任務完成了，意義找到了，之後的日子要怎麼過呢？

想家

到達危地馬拉小鎮 Flores 已經是傍晚六時，我在街上亂走想打聽一下去附近看瑪雅遺址的半天團價位大約是多少，然後就遇到了 Hector。Hector 是街角一家旅行社的職員，店內的陳設簡陋，門前只有一個牌寫著他們提供的各種一日或半日團，原本也只是抱著一問無妨的心態，怎料最後跟他成為了朋友。我看到 Hector 的時候他正在畫畫，站在旁邊看了幾秒鐘他才反應過來問我是不是想報團。比起那些一看到你就展開激烈推銷的職員，有點冷漠的銷售態度其實讓我更安心。我坐下翻著面前的單張，Hector 則拿著一個厚厚的公文夾查找我想去的地方有哪些團可以選擇。我寫下他們家的價錢後發現他們比別家貴一點就準備離開，Hector 見我要走就問是不是價錢不合，他可以打電話問問老闆能不能降價，然後就在等老闆回覆的時

候，我們開始聊起上來。我才知道原來他是美國人，來了危地馬拉已經幾年。他在美國有兩個小孩，卻因疏忽照顧兒童被判監十八個月，其後更被加上虐待兒童的罪名讓他在這幾年間不能再入境美國。「我怎麼會傷害我的孩子呢？我每一分秒都想他們快樂，為了他們的幸福我願意付出所有。」我看著他電話屏幕上的全家福和他每一次說到自己三歲大的兒子時的自豪眼神，那一刻我選擇相信他。世界上有些人只渴望一次離鄉別井的機會，有些人卻永遠遙望家鄉。說到底我們都是異鄉人，對啊，有誰不漂泊呢？最後老闆回覆的價錢沒有比別家便宜，但既然有緣分我也直接訂了後天的行程。

隔天 Hector 約我去附近的海邊游水，反正我也是閒著沒事也就答應了。水有點冷，我走進大海的懷抱中看 Hector 跟幾個小朋友在浮浮沉沉，幻想著如果可以住在這邊應該也蠻不錯。大概旅人對「家」都有一種情意結，又或該說是又愛又恨。一直覺得可以無牽無掛地把自己流放在外的人，都是因為有家吧，不然怎麼受得了孤獨啊。人兒像風箏，自出生就有一條長長的線牽引，就算斷線，尾巴還是一直會在，在那漫長的夜呢喃著回來啊回來啊，遠方總有人等著你歸去。從前以為獨個兒才可飛得更遠，然而斷線風箏可能真的會飛得遠，但時間久了就只有墜落，只有一條牽得好的線才能讓風箏永無後顧地飛翔。我們都喜歡仰望天空，卻從不看一眼地上的人，直到有天我們都變成了地上的人，拉著線仰望著，然後說，風箏當然要在天空中才美啊。

「滴、答、滴、答……」天空突然下起大雨，Hector 和那幾個小孩反而玩得更起勁。很久沒有站在大雨中了，不對，這應該是我第一次在沒有任何雨具的情況下享受下雨的感覺。海面上的浪開始變得洶湧，我們坐在碼頭的石級上大笑大叫，赤著腳踩著水窪跳舞，在大街上互相追逐，吵得樓上的人家都打開窗看街上的人在發什麼瘋。微不足道的小事，但想好好記下，任何快樂的瞬間都希望會永遠記得。回去以後我傳了一則信息給 Hector：「你要好好照顧自己，祝你跟孩子能早日團聚，雨後一定會有彩虹的。」

陪我繞一點遠路好嗎

- CHAPTER -

④

森林

096 — 125

自然是我的歸宿

玻利維亞

由玻利維亞首都 La Paz 去亞馬遜流域的 Rurrenabaque 中間有一段路號稱死亡公路（The Death Road），每年平均有五十輛車在狹窄的懸崖峭壁上消失不見。雖然見不得安全很多，但一般遊客都會選擇坐小飛機前往這片從小在 Discovery Channel 看到的土地。記得前一晚青旅的人還在跟我分析飛機和巴士的利弊，隔天我就獨自走到巴士站問前往亞馬遜的車，職員說過夜巴士十八個小時直達 Rurrenabaque 港幣五十元，聽罷我就默默買下了車票，兩個小時後我就坐上那架開往森林的雙層巴士。

死亡公路

應該沒什麼地方的巴士和路況會比玻利維亞差。我跟一班當地人還有他們的羊坐在鐵皮箱子裡面，感受著彎彎曲曲又佈滿泥濘碎石的山路從車底傳來的震動，有時車子輾過一塊巨大的石頭，全車人就突然被彈向車頂，現在想起還是覺得好

有趣。巴士走了大約四個小時，下層傳來一陣嘈吵的聲音，聽上去像是幾個人用硬物不停敲打車身，情況持續了幾分鐘後巴士就在山路旁邊停了下來。我把頭伸出窗外一探究竟，見到幾個穿著印加傳統服飾的女人掀著她們厚重的長裙一字排開蹲在地下。我二話不說立即跑下車，呼，其實我也忍了很久，也不知道乘客跟車長有如此奇妙的溝通方式，我想車子這麼殘舊就是因為長期被人敲打令油漆都掉光吧。

接近傍晚時分，巴士駛往更偏僻的路，窗外的風景由小村落變成迷霧中的懸崖絕嶺，沿途慢慢開始可以看到很多小墓碑，都是紀念在這邊意外墜崖喪生的亡魂。隨著玻國公路發展，其實死亡公路的大部分路段都已經沒有車輛行駛，搖身一變成為觀光客以單車挑戰死亡的勝地。至於還可以行駛的那段路經過修葺整理之後亦寬闊了少許，但闊度仍然只可以供一輛巴士駛過。

一陣尖叫聲把我從睡夢中吵醒，我探頭出窗外看到有另一架巴士迎頭，而路就只得一條。巴士慢慢向後移，企圖回到上一個彎位讓前方的車有足夠空間經過。「啊！！！！」全車人同時尖叫而我還在揉眼睛，巴士突然向右後面傾側，半邊車軚卡在懸崖邊。嗯，好像有一刻離心力。我凝視著窗外路旁的雜草，幻想等一下車子翻側時我要先把大背包拋出車外再跳車的畫面，不禁笑了出來。叫聲持續了十分鐘，好像中間還夾雜哭音，巴士前前後後退了幾次總算有驚無險。外面下著綿綿細雨，朦朧間我再次入睡，醒來已經是翌日早上六時。

亞馬遜初體驗

下車後我遇上一個在街上遊蕩的韓國女生Y，時間太早根本沒有任何店舖開門，來之前我也沒有預訂任何住宿，就想先看有沒有命來到才再作打算。小鎮上就只有一條大街，穿插著零星幾間旅行社，我們隨便坐在其中一家的門外。Y看起來很累，她說自己昨夜也是坐巴士過來，沿途驚險萬分害她幾乎徹夜無眠。我無奈地苦笑，也不敢跟她說自己根本從頭睡到尾，死了才發現自己身在地獄的人應該就是我吧。七時左右，店舖慢慢開門，我們逐家去問價，找到了最便宜的是港幣四百五十元三日兩夜包食宿導覽，兩小時後可以出發就直接訂了。

一行六人首先坐了三個小時吉普車，再轉坐一個小時船，終於正式到達 Pampas。我們坐在一艘後面裝了摩打的小木船上環視四周，所以此時此刻我就身處曾經朝思暮想的亞馬遜河——一條孕育無數生命、世界上流量最大、支流最多的河流。啡啡黑黑的河水不算急湍，我在上面飄浮同時看各種各樣的鳥在頭頂飛過，有像孔雀一樣大的鳥在天上飛、看起來像雞的鳥站滿在一棵光禿禿的樹上，也有叫得像電話鈴聲般的小鳥在互相打架。

不經不覺，小船停在一堆草叢旁，導遊不知從哪裡拿來幾隻香蕉，數十隻只有手掌大小的猴子從草叢中一躍而下，像一班迷你版忍者在船邊跑跑跳跳瘋狂搶奪。導遊把一小塊香蕉放在我的頭上，一隻身手特別敏捷的猴子幾乎同時間跑上來，一手搶過戰利品又跳走了。同團幾個女生有點不知所措地躲在一角，而事實上那班小頑童雖然無太大攻擊性，但十幾隻猴子突然在你身上亂爬也是有一定程度的驚嚇。其中兩隻發現我手中還有一小塊香蕉，一個箭步就衝過來作勢要搶，別看他們身型細小、樣子可愛，其實聰明又狡猾，而且力大無窮，我一直留著香蕉想多拍幾張照片，牠們竟然在我身上拉屎！拉屎！還要露出一副神氣的樣子！此情此境我實在是哭笑不得，唯有乖乖投降奉上貢品。我想這群猴子已經算是人類飼養的吧，聽到船的摩打聲就會自動在草叢邊等候，而且完全不怕生。曾經聽說過一個故事，有一個動物園發生大火，所有動物都紛紛往森林的方向逃走並終於獲得人類自以為牠們渴求的自由。幾天以後，動物園的負責人發現接近一半的動物選擇回到本身牢籠的位置，即使那裡再沒有任何圍欄。或者大部分人並不真正渴望自由，像那群看似自由的小猴子，可以選擇的話還是寧願一直被豢養等食物送上。

第二天，大夥兒一起出發尋找森林中的巨蟒。導遊說這種巨蟒吞了一頭牛以後，會找個洞沉睡整整一年才再次醒過來等待下一個獵物，我想這樣生存也是蠻方便的，不用每天想吃什麼一定能省下好多時間。最後我們當然沒有找到傳說中吞了一頭牛的大蟒蛇，但導遊也十分稱職地捉來一條體積中等的蛇，讓我們一個一個好好拿著牠拍照。我們跟另一團合共十幾個人輪流拿著纏上蛇的樹枝，你傳給我，我又傳給他，來來回回應該有半個小時，我忽然覺得蛇生好悲哀呢，牠應該好想咬死這班麻煩的瘋子吧。

下午時分，也是我很期待的環節──釣食人魚。導遊先把雞肉切粒再分給大家，然後把剩餘的血水倒進河中提醒牠們下午茶已經準備好。一群長滿尖牙的食人魚突然湧出的恐怖畫面並沒有出現，河水還是一如以往的平靜，應該是一早吃飽了。我們釣了大約三十分鐘，總算有四條小小的食人魚上鉤。雖然沒有電影情節般驚險，但認真看牠們尖銳的牙齒，還有那顆直勾勾盯著你看的圓渾眼睛，還是會讓人不寒而慄。晚上廚子把我們釣到的食人魚炸了，吃起來其實跟普通炸魚沒有分別，魚肉太少而且炸的東西吃起來本來就是差不多啊，沒所謂啦吃飽就好。吃完飯以後，我獨自走上停泊在小木屋出面的小船看星。亞馬遜的夜晚好黑好黑，每一顆星星都好近好近，每一次仰望星塵都是回望過去，那幾千光年前發射出來的光，現在還在宇宙間閃耀嗎？

最後一天由於天氣轉差，就刪掉了大清早去看日出的環節，直接去找亞馬遜流域中的粉紅海豚。船駛到一片特別平靜的河面就停了下來，兩座灰色帶一點粉紅的小島從混濁的河水冒出，「There!」噢，所以牠們就是粉紅

海豚了。不要想像牠們像卡通片一樣是可愛的粉紅色，也不要想像牠們會像海洋生物表演探頭出來跟你打招呼，總之不要有任何想像就好了。導遊說大家可以跳進水裡跟海豚游泳，但由於河水太混濁，就算向下潛的能見度亦是伸手不見五指。雖然看不清楚，但海豚表現得十分親人，總會主動游過來碰一碰你又游開，所以我們就像一群傻子在河中漂浮，然後等海豚心情好就從我們之中挑選一個來寵幸一下，賜予我們觸碰到牠滑溜溜皮膚一秒的黃金機會。可能這算不上真真正正跟海豚暢泳，但對幾日來都沒有好好洗過澡的我們來說，這個早上可以在河中順道洗洗幾日以來的汗臭和泥土也是蠻舒服，至於你問河水不是很混濁嗎，我會答乾淨與骯髒其實也只是相對的概念。游完水以後就準備回去小鎮，我並不想那麼快就離開森林，但大部分人來這邊都只是參加這種三天兩夜團就當自己到過亞馬遜。怎麼會啊？這極其量算是參觀了一個大型動物保護區吧，我想像中的亞馬遜不應該只是這樣的。

生還者

返回小鎮的途中，我無意中聽到同團其中一個德國男生Ｔ說也想在這邊多留幾天，就順勢拉著他說不如一起去生還者體驗，反正兩個人既可互相照應又可以節省開支。他聽到之後不置可否，但如果他不去的話，我是沒有可能在那個鳥不生蛋的小鎮找到伴的，想到這裡我就開始推銷員上身，誓死要用我真誠的目光感動他，而最後他當然乖乖跟我一起去旅行社問更多詳細資料和出發前要準備的東西。港幣七百元，四天三夜包住包食，老闆還借了水靴跟牛仔褲給我。「今晚好好回青旅洗個澡，明天只拿一個小背

包裝幾件替換衣物就可以出發了。」

早上九時，我和 T 在旅行社各自拿了睡袋和開山刀，就跟著之後四天負責照顧我們的 Jungle Man M 坐船往森林進發。下船後我們經過一條小村莊，裡面大約有三戶人家，幾個赤腳小孩在樹下跑來跑去，M 三兩下就把樹上的芒果弄下來，讓我們跟小孩分著吃。他又拿著幾顆啡色像合桃的果實坐在我旁邊笑著說「還會餓嗎？」我看著他手中的果實和小刀問：「那果實可以吃嗎？」M 笑而不語，默默地用小刀把果實剖開，裡面住了一條肥肥白白的小蟲。「這個長得很好，會很好吃。」說罷他用小刀把蟲子弄到手心上。奶白色的蟲子看起來其實不算太噁，也不像那些會蠕動的毛毛蟲，身型大約半片尾指指甲那麼大，一動也不動地躺著。其實我一早想像過在森林吃蟲的畫面，只是想不到森林都還未真正走進去就要跟這可愛的小生命碰面。M 把另一條蟲放入口中，說住在森林裡的人都超愛這種蟲，而且不是每次都那麼好運找到。我猶豫了幾秒還是學他把那條蜷曲著的小蟲放進口，硬硬的小東西完全沒有要動的意思，我閉上眼倒抽了一口氣把牠薄薄的身體咬破，裡面一些漿狀液體隨即爆出，滲出一種淡淡的奶香味，我用難以置信的表情看著 M，「好好吃啊，難怪雀啊雞啊那麼喜歡吃蟲。」我一邊回味一邊找更多果實，但一些已經被其他動物吃了，一些根本沒有蟲在裡面。「森林裡面有更多有趣的東西呢。」我看著面前一大片茂密的森林，到底二十幾年以來我錯過了幾多？

沿途 M 一直跟我們介紹不同植物的功效，隨便切下一片樹皮放進嘴裡就說可以治癌症。在香港常說窮得快要啃樹皮，但真正把樹皮放入口還真是第

新鮮的水甘甜潤喉。

趁天黑前我們合力打造晚上的「床鋪」。

一次。切去外面的部分，樹皮裡面其實很乾淨，吃下去雖然苦苦的但有一種好清新的感覺。「吸光了苦的汁液就可以掉了。」之後 M 又摘下了一個黃黃橙橙、一隻手大小的果實。他一刀劈開黃橙色的外殼，裡面有幾排整整齊齊的白色果子，「這些是可可，嘗嘗啊。」可可？我印象中的朱古力不是這個樣子呢。我拿起一粒果子，白色的表面黏黏的散發著一陣甜味，放進口中像裹著一層薄薄波子汽水口味的口香糖。待糖衣完全融化後，一陣甘苦味慢慢滲出但又有點似曾相識，啊沒錯，是純正可可豆的味道。

下午四時左右我們就到達比較平坦乾爽而且靠近河流的地，M 說這裡就是今晚的營地。「我們要在天黑之前把睡的地方弄好，要砍樹、劈柴、生火……」我被指派去砍河邊的樹，把樹葉搬到營地作晚上用的「床鋪」和「屋頂」。這是我第一次親手砍掉一棵樹，亦是從這個儀式之中我才發現人類其實一直依賴這種巨大而溫柔的靈魂去生存。很多時候我們都要親手殺死一棵樹、一隻動物，或是一段關係，才會真正思考身邊的一切究竟花了多少力氣才走到這裡。我問 M 為了自己可以煮食，或是晚上有睡的地方，就砍掉一棵花了幾十年才長得比我高的樹是正確的嗎？

「Earth provides enough to satisfy every man's need but not every man's greed.」

他說我們只取真正需要的，這是大地之母的禮物。萬物皆因果循環，生命與死亡，其實只是換了一個方式存在。

傍晚時分我們圍在火堆旁把濕透的衣物掛好烘乾，M 已經準備好晚飯。我迫不急待上前看看，是炒飯加棕櫚樹的樹心、幾條在附近摘到的葉還有 M 剛剛在河邊釣到的小魚。由於這次只是體驗營，一日還是有一餐正餐可以吃，水是喝河水但會先放一顆小小的淨水藥丸進去。M 左手拿著一條棕櫚樹幹，右手拿著開山刀在上面雕雕畫畫，不消十秒一隻匙羹就出現在眼前。我們用樹葉圈成一個圓錐體做碗，把飯滿滿地堆在裡面，上面鋪了兩條小魚，看起來好豐富又好原始。填飽肚子，掛好蚊帳，我睡在傍晚時用樹葉鋪好的床上，兩件衣服疊著做枕頭，聽著夜晚森林的聲音。晚上的森林比早上嘈吵，或是說我終於有時間好好張開耳朵聆聽這個屬於昆蟲的世界。

是日晚餐。

閉上眼我幾乎可以看到幾十部小型直升機在我四周亂衝亂撞,有幾雙綠色的眼睛在我耳邊不斷巡邏,張開眼我卻仍然在我的蚊帳小世界中。

一場森林意外

之後三天我們都過著日出而作日入而息的生活,M 說自己從出生以來大部分時間都住在森林中,這幾年氣候變化在雨林中尤其明顯,在某些南美地區基本上已難分雨季旱季,大雨洪水喜歡什麼時候來就來,走就走。去年這個時候,這邊的河高度只到腳踝,現在卻深度及腰而且來勢洶洶。「我們要加快腳步了,這條路不能再走,我們先沿著河邊走,再看今晚可以在哪裡露營。」兩個小時後我們總算找到了一處水流比較慢的路段,但還是要在水深及膝的河流中涉水而行。我不介意弄濕衣物,反正在林中或是河中行走,都沒一刻不是全身濕透的。奇怪的是我完全沒有感到不舒服也沒有覺得骯髒,身體的每一個毛孔都感到前所未有的潔淨,滲透著早晨葉子上露水和泥土裡濕潤的氣味。有些時刻我甚至覺得自己的肉身無所謂虛實,我跟萬物都一樣,有一樣的顏色氣味,世界不因我的缺席有任何變化。對啊,從來都是我需要世界,仰望天地我所能說的只有感謝和對不起。

第三個晚上,我們如常分工合作,我去砍樹搬樹葉,德國男生 T 在營地砍柴準備生火。正當我在河邊全神貫注地砍那棵我已經奮鬥了半小時的樹時,突然營地那邊傳來 T 的尖叫聲。M 跑了過去,我大叫問了一句發生什麼事,M 大叫回我沒什麼,所以應該沒有人死掉我就繼續砍我的樹好了,在林中天可是黑得很快呢。我把樹葉和砍下的樹幹分好類搬回營地,T 坐

在一旁看起來好痛苦。我問他怎麼了，他說他在砍柴的時候砍到自己的腳趾，深度都可以見骨了但幸好沒斷。我一時之間也說不出話來，只是默默看著 M 不知從哪裡找來一堆山草藥，再用他從衣服撕下的布條幫 T 包紮。明天還要走六個小時才能走出叢林，中途要澗水也要攀升，T 一臉無奈但明天起行是最好的決定，畢竟儘快到醫院處理傷口才是最好的做法。

第三、四天是大晴天，天藍得不得了。

回歸本能

因為 T 行動不便，晚上只有我跟 M 到附近夜行。三天以來我們只聽到動物在遠方嗥叫，好運的話會看到牠們在幾十米高的樹上跳躍留下搖曳的樹枝，卻從沒有真正看到過牠們。M 有時會發出猴子的叫聲然後遠方就有回應，所以牠們看到也聽到我們；我們雖然看不到牠們，但真切地感受到我跟牠們暫時共享這一小片林也令我好興奮。皎潔月色在水中盪漾，河邊灰白色的石頭像一塊塊反光板，我們沒有用任何東西照明怕破壞靜謐的夜。在林中的日子，愈是捨棄外在，愈發現身體為我們提供了剛好的生存配備，不多不少，只要我們割捨自以為重要的，真正重要的就會自然浮現。「看！是美洲豹的腳印！」我立即停下腳步怕踩到任何牠們留下的痕跡。前面是兩組腳印，一大一小，應該是媽媽帶著小孩到河邊喝水留下的。那幾個小腳印讓我瞬間溶化，好想親眼看到牠們呢，而 M 卻說看不到也未嘗不是好事，帶著小孩的美洲豹都有很強攻擊性。之後我們躺在河邊一顆大石上，M 跟我說森林的故事，我不確定這些傳說是真是假，但這些天方夜譚無疑是有一種把靈魂攝去的神奇力量⋯⋯

森林中有一些地方會被視為禁地，例如那黑色的湖泊。有人說印加人被西班牙人殺光前，把一切都拋到湖泊中收藏。從此，這黑色的湖擁有了靈魂，一直守護著那光輝歲月。依 M 的說法只要有人想走近這個湖都會被趕走或是一去不返，先是風雲變色，然後是滂沱大雨，最後是暗湧吞噬。如果你把石頭掉進水裡，湖水更會突然沸騰冒煙，現在的人都不會再靠近，只有在遠處觀看。M 跟我說他曾經跟朋友在湖附近露營，當晚他與同行兩位

友人不約而同夢到了一位老婆婆。夢中婆婆質問他們來這裡幹嘛，為什麼他們什麼都沒有帶來貢奉。他們醒來互相分享了夢境後，決定一個星期後再度到訪，並為湖泊作了一個小的祭典，而婆婆亦禮尚往來，在夢中贈予chicha（玉米酒）給他們。M 說故事的時候並沒有眉飛色舞，也沒有覺得那是什麼特別新奇的事，故事中的一切在他看來是多麼的理所當然。我問他在這土地生活快樂嗎？會想到城市居住嗎？他搖搖頭只說了一句，我現在過得很好啊。或者天生屬於大地的人根本不會去想喜歡與否，在林中我們無需深究快樂，在快樂中我們無需思考意義。知道想要和需要，平淡的生活本身帶著最豐富的色彩。

四天的森林生活就這樣結束了，每天的行程其實就是單純地去找食物和棲息地，不斷在林中穿梭、砍柴、生火、釣魚、煮飯、游水、烘衣服、砍樹、起屋，大部分時間就只是重複性的敘述而欠缺情節。若說景色，抬頭一片綠蔭，低頭流水潺潺，四天所見大同小異。頭兩天下大雨，後兩天大晴天，不減以千億計的蚊蟲數量，爬樹澗水日子還是如常地過。在人生這一小段路中，我在無人的山林追著風，彎曲的河流隨水漂流，樹蔭下感受散落的陽光，不計代價地以任何方式盡情享受自然裡的所有，去流汗、去收穫。如果你此刻問我生命是什麼，我想應該就是這種最平淡但又最轟烈的一種存在。

臨行時，M 從樹上摘下兩個新鮮椰子給我們，清甜的椰汁灌溉著身體每一個細胞，也象徵著這趟艱苦旅程暫時完結。我雖然已經開始懷念森林裡的生活，但這幾天以來確實把每一寸肌肉的耐力用盡，心中已經迫不及待幻

想著到小鎮的時候要洗一個好熱好熱的熱水澡、吃一頓好豐富好豐富的晚餐……就在我瘋狂幻想之際，M送給我跟T一人一條用這幾天拾到的果實串成的項鍊，說是森林和他送給我們的禮物。仔細一看，他在我的鏈墜上面雕了一棵代表循環不息的生命和希望的生命之樹，在T的果實上面雕了代表勇氣跟力量的獅子。可能因為星座的關係我一直都喜歡獅子，所以第一個反應就問M為什麼不把獅子給我，然後他說：「有勇氣的人，需要的是希望。」

死藤水體驗

秘魯

其實三年前浪遊的日子已經變得好模糊，有時會想如果可以重來一次我還有什麼地方想去呢？怎麼滿腦子都是南美啊？我跟友人說想再把自己流放在那片土地，他說南美於我來說已經不算流浪。對啊，都三次了，該是回家了吧，還是該說被流放的自己，到哪裡都是流放？有時我們不需要什麼就知道自己屬於一個地方，然而毫無疑問，我是屬於森林的。我常跟自己說要活在當下，但卻必須承認自己十分留戀林中的日子。森林並沒有讓我成為了一個更好的自己，卻讓我找回最原本生而為人的自由和快樂。我不需要變得更好，現在每一刻就是最好，我已經擁有最好，然後我突然明白，其實我並不真的想流浪。

死亡之藤的加冕

有關林中的「魔法」，早在玻利維亞時已聽過，在秘魯、厄瓜多爾，甚至中美的墨西哥也有不少人見識過這些印加時

死藤水體驗

秘魯

再一次踏上前往亞馬遜森林的旅程。

期已經存在的神秘植物。在南美旅行，你一定會聽過這個名字——死藤水（Ayahuasca）。死藤水的意思是「死亡或靈魂之藤」，當地薩滿視死藤為亞馬遜流域的一種藥用植物，並會用它來混合另外幾種植物煮成湯藥。傳說中死藤水能醫百病，更神奇的是能讓人重新與大自然接通，甚至看到自己的過去與未來，整個過程十分神聖，而且必須要透過莊嚴的宗教儀式來進行。

許多科學研究已經證實死藤含有大量的 DMT（Dimethyltryptamine），一種自然產生的色胺和迷幻藥物，科學家亦普遍相信有關死藤水可以通靈或是讓人體驗靈魂出竅的說法都是這種成分所致。而巧妙地這種成分也能在人類胚胎第四十九天開始在腦部找到，更有人認為這時就是人類靈魂的誕生。從前我聽到有關前世今生、靈魂出竅等故事會覺得有趣但總是不以為然。有人想尋找自然界的神秘力量，有人想探求前世今生甚至來世，而我一直相信感受從來只需用心，不屬於我的不強求，要領悟的自然會自有安排。記得有位朋友跟我說過：「知道祂的人不會去找，去找的人什麼都不知道。」所以就算遇過很多曾經參與儀式的人，我都沒有下定決心要親身嘗試，然而當我第三次踏足南美這片土地時，祂終於來找我。

在所有故事開始之前，先介紹一下什麼是薩滿好了。薩滿是一種古老的身份與職業，現代人一般會用「巫醫」來稱呼他們。南美的薩滿可以是家族遺傳，亦可以是一個人忽然對某種植物產生感應，受到感召後通常都會隱居山林一段長時間去修靈，依他們所說就是時候到了便會自自然然成為薩滿，開始為有需要的人治病。他們自稱有一種特別的能量可以連接天地萬

物，亦視自己為自然與人類之間的溝通橋樑，在森林之中他們擁有很高的地位，但並不是每個薩滿都可以為你治病或是讓你的感覺被接通，最後有沒有領悟或是有否被治癒都是緣分和契機。有人在儀式中淚流滿臉地認錯，有人微笑感謝天地萬物，有人像要把所有內臟都吐出來地瘋狂嘔吐，也有人呆呆的坐了一整天什麼反應都沒有。在秘魯庫斯科旅行時我便遇過一位當地導遊 S 跟我分享他的親身經歷。S 的爺爺是薩滿，耳濡目染下 S 從小就相信大地之母（Pachamama）維繫著整個世界的生命，一山一海、一花一草都有靈魂，他說自己跟安第斯山脈另一種神聖植物古柯葉（當地人用以紓緩高山症的植物，也是提煉古柯鹼的原材料）也有連繫，能跟祂們說話和作簡單占卜。

他在二十歲那年第一次接觸死藤，為了好好準備那個即將改變一生的夜晚，他前一天走到四野無人的高原，整天只喝水和天然果汁去達到淨化身心的效果，然後他一直等一直等，等到翌日一顆奶黃色的滿月從林中探頭，儀式就正式開始。過程持續了六個小時左右，但他卻說自己經歷了好幾輩子。

他在旅程（Trip）中閉上眼時感受到自己變成一團白色的光身處於無垠宇宙，而且清楚看見黑夜中每一顆星宿，一種自覺渺小的心情隨即湧出，同時由衷地感恩能生存在這個星球見證一切美善醜惡。之後的片段很零碎而且無連貫性，但他清楚記得那種萬物為一的感覺，彷彿那一刻他才真正活過來。張開眼睛他看到前方的一棵百年老樹跟他說話，「我在這裡等你很久了，來來來，我有很多故事要告訴你。」他們談了很多，又什麼都沒有，

快樂從來都是選擇。

那個次元是沒有語言的,一切都是心領神會,似乎是通過某種腦電波傳遞訊息。「在我知道自己一無所知的瞬間,我感到無比滿足,所有執著都隨風而逝,我不得不笑自己一路以來的固執是何其無謂。真真假假不是我可以分辨到的,但我知道自己可以選擇相信。」見天地,見眾生,最後他見到了自己。「我看到了四歲的自己,看到所有曾經犯過的錯,也有些我完全忘記了的幸福畫面,每一件事都互相牽引讓我成為今天的自己。我突然好想哭,像嬰孩時那樣,我不能形容那是鬱結、抒懷,還是感動,所有重要和不重要的事都在這趟旅程中重新經歷了一次,然後我好像明白了一點,又放下了一點。」

甦醒的靈魂

在朋友的介紹下,我在秘魯認識了一位薩滿,那時我沒有問及死藤水,就只是想簡單做一些淨化或是祝福的儀式,多了解一下這種文化。薩滿握著我的手看我,幽幽地說感覺到我內心有一種悲涼,我聽著聽著眼淚就不自覺湧出來。聽著薩滿的音樂,有幾個瞬間我徹底崩潰了,卻又說不出悲傷到底從何而來,像是很久以前一直壓在胸口的一塊小石頭忽然有了靈魂,從體內深處突然覺醒後,發現有人看到並願意接納它。那個一直漂泊的靈魂,就這樣找到了一秒鐘的靠依。曾聽說過人的靈魂是有顏色的,我想他們都看到我的吧,所以才沒有被我的笑容騙過。我從來不是一個樂觀的人,世界可以很複雜,但我更願意去相信只有知道悲傷才值得快樂,有黑才有白,有暗才有光。如果我擁有一個淡灰色的靈魂,那我就有權擁有最大的快樂,快樂從來都是選擇。若你問我為什麼難過,我會說存在本身就讓我

傳說中的死藤真面目。

難過，如果你睜開雙眼看清楚，你會發現在這個時代，快樂幾乎是一種罪惡。世界上所有物質由組成一刻就注定消散，每個出生都是步向死亡，但無論如何唯美的畫面還是重要的，而唯美的東西都無可避免地滲著悲傷啊。我是為了悲傷而悲傷吧，為了為難自己而為難，這樣才能給自己苦惱的機會，才能說服自己有努力生活，才能在老去時記得原來自己有故事，才能在快樂時便有著要失去一切的決心。

其實我相信命運，從我上次離開亞馬遜森林開始，我就知道自己一定會再回來，只是沒有想過這麼快就跟傳說中的死藤水見面。面前的薩滿像街上任何一個老伯伯，穿著一身像是睡衣的白色寬鬆衣物，手中拿著一把用樹葉織成的扇，所以他就是明晚為我們進行死藤水儀式的薩滿。

第一眼看到薩滿的時候其實沒有很大感覺，就是一個住在森林裡的人啊，不過仔細一看就會覺得他的眼神好堅定，慈祥的笑容背後總帶著半點威嚴。當天下午我們一起走進森林去看死藤真正的模樣順道採摘一些回去，在船程途中我跟同行一起參加儀式的人圍著薩滿想知道更多關於他們的傳統，而大部分人最想知道的是像我們這些普通人能否成為薩滿？如何才可以像他們一樣與大自然連接？薩滿看著我旁邊的女生 S 微微笑著點頭說「你可以你可以」，我滿懷希望地等待我的答案，然而薩滿只冷冷地望了我一下就搖搖頭說「不行」。說完全沒有失望是騙你的，來這裡的人想必都喜歡大自然吧，如果可以感受到草木的靈魂將會是很深刻的體驗。同行的女生 S 天生就對靈界好敏感，去教堂啊、墳場啊，一些能量比較大的地方都會有所感應，更隨身攜帶一個金色的小佛牌保護她，而我無論身處何

方都對外界毫無感覺，薩滿說她有潛質也不無道理。回去以後我好好想了一下，到底我為什麼在這裡，我想尋找的答案是什麼？一邊想，一邊把腦海中的思緒用一字一句寫下，然後我突然釋懷了。雖然對地球上其他生命體沒太大感通，但我所能感應到的就是人啊。旅行時遇到的人、一直在身邊的人，甚至是自己，每一種情緒我都能確實感受到，而文字就是我的出口。我可以感受，可以分享，可以讓孤獨的人找到一刻共鳴，失落的人找到一秒安慰，就是我存在的最大價值。每個人都拖著一個宇宙，你看到的跟別人的從來不一樣，我們內心因此永遠有一種如黑洞般的孤獨感，而世界亦因此變得色彩斑斕。

死去活來的真正意義

回到森林裡的小木屋，我跟幾個同樣來到這邊要做死藤水儀式的外國人坐在一起，其中有兩個意大利人兩天前已經完成儀式，正在滔滔不絕地分享他們看到的新世界。「你知道嗎？我看到了色彩繽紛的世界！有一種充滿愛的感覺把我緊緊地包圍，一時間幾百種不同的情感同時湧出，那些都是我從未有過的深刻情感，但當我想凝神望它時，它又突然分裂出另一個模樣，然後消失無蹤……」坐在一旁的德國男生聽得如痴如醉但卻難掩眼神中的失望。「我什麼都沒有看到……我以為自己已經準備好了，之前早了足足一個月時間去預備，每天只吃清茶淡飯，也找了很多有相關經驗的人做心理建設，到底是哪裡出錯呢？我也好想看到他們所說的新世界啊……」 那個意大利人只是聽說過死藤水就抱著一試無妨的心來試卻收穫滿滿，而那個為儀式籌備已久的德國人就什麼都沒有，這算是天意弄人吧。

無可否認很多對死藤水一知半解的人會把儀式跟娛樂用的藥品拉上關係，近年亦有愈來愈多人把儀式視為商機商業化，覺得這種森林魔法是萬能藥，更妄想一杯下肚就能「啟靈」，接通天地萬物、發現自我，但真正認識死藤水的人會知道這種湯藥可能帶來極痛苦的生理反應，只是要得到那種輕飄飄的出神感覺，實在不必大費周章去挑戰。

樹葉聲沙沙作響，我們坐在一塊瑜珈墊上默默等儀式開始。薩滿坐在我們中間，手中拿著古柯葉，口裡吹著煙，整個房間煙霧瀰漫，醞釀著一種神秘的氣氛。薩滿面前有一個裝著暗紅色液體的膠樽，那就是死藤水的廬山真面目。膠樽內濃稠的液體緩緩流出，注滿了一個小玻璃杯，喝下去有一種苦澀辛辣的味道，我乾咳了兩下，喉嚨有一撮小火苗在燃燒，順著食道滑落胃部翻滾。之後我們一邊聽著薩滿重複地哼唱，一邊默默坐著冥想，大約半個小時後我的身體開始出現反應，胃部不斷抽搐，腦海閃現出一些幾何的圖案和幾道藍光卻無任何連貫性，之後就是斷斷續續的吐。有一頭猛獸正在我體內歇斯底里地嚎叫想把我的胃撕開，每次吐出來的液體一經過喉嚨，我就被徹底燃燒一遍。

有好幾次我是確實感覺到自己幾乎窒息，但精神上卻完全清醒，那一刻我知道肉體上的難受都不是真的，痛楚只是我想像出來。我的思緒像脫離了軀殼般異常平靜，「呼吸呼吸，你需要呼吸」我用一個第三者的角度對自己說，就在我將要死去的瞬間，我又回來了，大口大口地抽著氣。我呆呆的望著自己雙手，新舊疤痕一條一條慢慢從底層浮上，一刀一刀刮在我的前臂，我看著一道道淡紅色的血痕，不斷問自己到底做過什麼呢？我是應

該好好保護這個軀殼的，一陣愧疚感把我淹沒，而我在一片波濤洶湧的汪洋中浮沉，去睡吧，睡醒會好。每一次閉眼都是千年，只有盯著秒針跳動我才不至於迷失在時間之中，如果真的有時間的話。我忽然意識到一個人要很努力才可以張開眼睛，每一根神經的甦醒、每一條肌肉的配合，都需要無比的決心和幸運，生命才得以維持。世界在我張開眼的瞬間就存在了，我有面對的勇氣嗎？我是甘願去做一個罪人的，我甚至嚮往去犯錯，為自己作出自以為最好而且不負責任的決定，想趁年紀小去做一些令自己後悔的事，像那些莫名奇妙的想法和奮不顧身的衝動。若我以最真誠的模樣跟你遇見，你會寬恕我的平凡嗎？

忘了我是怎樣活過來的，再次睜開雙眼的時候已經是早上。昨夜像是發了一場夢，死藤水並沒有在我身上留下任何痕跡。過程中除了嘔吐和半睡半醒之外，我並沒有像其他人所說般看到色彩繽紛的新世界或是強烈的圖案，更不要說什麼前世今生。雖然口裡說著不要期待，但原來什麼都沒有發生時還是有一種莫名的失落，而我沒有想過的是之後在青旅中遇到的一位婆婆會把我的困惑一掃而空。婆婆是荷蘭人，看起來六十歲左右，銀白色的長髮及腰，一開口說話就知道她是那種豪放不羈的浪子。「每年我都會來南美接受治療，儀式也做過超過三十次，死藤水治好了我的關節問題。」我跟她說喝下死藤水後並沒有看見什麼覺得有點失望，說著說著我突然發現自己其實跟森林遇到的那個德國男生沒有分別。

「The real meaning of Ayahuasca is not seeing things, but healing, the plant only give exactly what you need.」

對啊,我怎麼忘了死藤水真正的用途是治療呢,追求無求本身就最貪婪,我怎麼可以忘記呢。任何東西都好,出現在你腦海中的不可能憑空而生,可能是記憶,也可能是潛意識,不要期望有一顆紅色藥丸能讓你在一夜之間參透半生。世上沒有對錯只有相對,好的壞的都是風景。你可以想像死藤是眾多植物之中的老師,它亦是一條尋找內在的鑰匙,不要期望它會給你任何答案,但它會指引你方向,然而最後把門打開的必須是你自己。如果每個人今生都有任務在身,有人是實現者,有人是信差,有人是創造者,我不必羨慕你,你亦毋須成為我,二十六歲就活好二十六歲的模樣,不急不急,要來的會來。

陪我繞一點遠路好嗎

- CHAPTER -

⑤

土地

126 — 171

他們的應許之地

以色列

在以色列的日子，沒有一天我是沒有哭過的。可能是戰爭，可能是信仰，可能是每一個和我擦肩而過的人，都令我有一種心臟被慢慢撕裂的感覺。我不打算亦沒資格評論這種局面，但我想將經歷過的事和你分享，在那片小小的土地正在發生一些你我都無法想像的事，可悲的是在各種荒謬面前，局中人往往已經痛到麻木。

我花了三個星期時間，從北到南把這個國家走了一遍。以色列的面積很小，但裡面包含的歷史、宗教、人文、政治、自然，是我去過所有國家中最豐富和獨特的。北部的以色列跟黎巴嫩和敘利亞接壤，目前是沒有辦法經陸路到黎巴嫩的，而你亦不會想到那個在阿拉伯人口中有「天堂」之稱的敘利亞。喜歡爬山健行，休閒度日的可以過來北部走走，但就不要期望看到什麼大山大水。中部是一大堆宗教聖地，耶路撒冷和伯利恆都在這邊，亦是大部分虔誠的猶太教徒集中地，還有鼎鼎大名的死海，旅人們都笑說在上面飄浮一個不留神就會

飄到約旦。南部沙漠地帶是最令我驚喜的部分，每天醒來看一望無際的山丘，呆看路邊野山羊高超的爬山本領，和其他旅人摸著酒杯底聊天南地北，是我會一直想念的時光。最後當然少不了著名潛水勝地——紅海，喜歡海底世界的話絕對不容錯過。

老實說，本來我是對這個國家沒什麼認識的，戰爭、宗教、政治，對一般都市人來說太赤裸所以就直接視而不見，我們都習慣用一句「太複雜了」去合理化無知和縱容殘忍。然而我相信命運要我們在此時此刻相遇是一種安排，我並沒有改變世界的能力，但若果能喚醒一個人的關注我也算是無愧於心。以色列，他們的應許之地，中東的暴風眼，三大宗教共同認定的神聖之地。來吧，跟我一起在亂世中假裝快樂，在紛擾之中感受平靜。

世界上最嚴密的關口

以色列是全球入境保安最嚴密的國家之一，安檢程序甚至比美國更繁複。你或者不太清楚現時局勢，用最簡單的方法概括就是所有包圍以色列的國家都極其憎恨這個地方，但礙於她有美國撐腰和強大軍事力量，所以旁邊的國家也就不能怎麼樣。有人說我不應該去以色列，我亦考慮了很久要怎樣把我看到的告訴你們，怕聊政治太敏感，更怕聊了也沒有人真正關心。然而最後我還是去了，也決定把我遇到的故事記下，無論你是支持也好、反對也罷，請不要忘記我們對於自己的出生地都是沒有選擇權的。

從約旦安曼陸路到以色列其實沒有想像中難，全因我選擇了北部 Nazareth

關口。耶路撒冷是猶太教、基督教和伊斯蘭教的宗教聖地,不難想像通往這個地方的關口必定守衛森嚴,我有朋友甚至被要求把相機鏡頭拆開檢驗,在關口呆上大半天是家常便飯。北部城市 Nazareth 相對冷清得多,我到達的時候就只有約三十人,整個過境程序也不過半小時卻毫不馬虎。前前後後應該有四至五個軍人問我為何到以色列,問職業也問住的地方,問家人也問整個旅遊計劃。不要以為問題看似簡單,他們可是打破沙鍋問到底。我說職業是攝影師,他們看了我的相機還要看我的作品,連喜不喜歡自己的工作也要跟他傾訴。我說在以色列有朋友叫 Sapir,他問我們的相識經過又問她家住址,問她的家人在哪又問如何拼寫她的全名。為免被扣留我當然不敢跟他說「媽啊我怎麼會知道?」所以就唯有一邊笑著答不知道,一邊給他看我跟 Sapir 的對話紀錄,最後憑我親切的笑容當然被放行,但有些旅客遇上脾氣不好的軍官就只能算他們倒楣了。

後來我在耶城的旅館裡,聽說很多孤身旅遊的人也會在關口被扣留查問。旅客被當犯人審問當然覺得難受,軍官要應付絡繹不絕的遊客又難免練成一副撲克臉,彼此跌入無盡的惡性循環中。很多人認為那是多此一舉,但認真細想如果以國沒有嚴謹的出入境政策,大概每天我都會擔心身邊的人是不是恐怖分子。既然入鄉便要隨俗,書本讀的、旁人說的就暫且放在一邊,我告訴自己要感受完全屬於我的以色列,無論好壞。

戰爭的模樣

踏過關口的一刻，不得不說有一種重生的感覺。以色列和鄰近中東國家有著截然不同的氛圍，街道上終於不再是在四十度高溫下仍把自己包得密不透風的女人，而是一個個穿著清涼的少女。走在路上也沒有人再對我行注目禮，大家至少都會講基本英語，就像隨便一個發達的西歐國家。相較中部，以國北部是一大片山野，喜歡爬山健行的人通常會在這邊稍作停留。對於有宗教信仰的人，加利利海和 Nazareth 分別是耶穌行使多個聖跡和聖母接受感召之地。然而對於歷史，這片與黎巴嫩和敘利亞接壤的邊境，有的是戰爭遺留下來的一片荒涼。

決定去 Mount Bantel 的心情是很複雜的。來這邊之前我早有耳聞在以北有一座能眺望敘利亞的山頭，不時還會聽到槍炮聲和看到煙霧，友人跟我說那是一個熱門旅遊景點。我問自己期望看到的到底是什麼？我不希望世界有戰爭，更無法認同這片埋葬無數血淚的土地是所謂景點，但無可否認我內心有想像過真正戰火的畫面，甚至想一窺真實的戰爭是什麼模樣。苦難、希望、戰爭、和平，都是相對的存在，而我們往往都要從別人的困苦中才驚覺自己的幸福。

Mount Bantel 看上去跟任何一個普通的山頭沒有分別，但這裡確實是1973 年贖罪日戰爭（第四次中東戰爭）的主要戰場，至今只是相隔短短四十六年。近邊境的地方都可以看到「注意坦克車」的告示牌，偶然看到正在執勤的坦克也不算新奇。到達山頂時，首先看到的是一家咖啡店，然

後是一些軍人紙板公仔，一群大呼小叫的青少年，最後是剛買完咖啡的聯合國維持和平隊員。環顧四周，看來只有我在傷春悲秋，一片平靜歡愉中大概誰都無法想像在前兩天有 ISIS 想要從敘利亞邊境發動恐襲，不過這對反恐經驗豐富的以色列來說就只是雞毛蒜皮的小事吧。

我避開人群走到一個安靜的角落，打開手機中的地圖遙望，所以眼前那片土地就是曾經的度假勝地、有人間天堂之稱的敘利亞。在路上我聽過不少年紀較大的旅人口中的敘利亞曾是一個美麗、平靜的文明古國，有誰會想到內戰突然爆發，各國巧立名目加入戰團，現在就只剩一片頹垣敗瓦？在地球某些地方談及自由其實是一種侮辱，我們以為理所當然的事，是他們連想起都會覺得痛的詛咒。沒有人可以明白，亦沒有人想去理解，生存本身就是一種苦難，而恰巧希望是一種在絕望中才能真正被看見的東西。

「呼。」遠處隱約傳來炮彈聲。定眼看你會發現不遠處就有煙霧，淡淡地一直向四方八面飄散。有人說那只是演習，我亦不敢妄下定論，只是呆呆地看著那團煙，那一刻我才驚覺戰爭真的好近，此刻正有人在我凝視著的這片土地死去。他們跟我們一樣就只是個普通人，卻連生存的權利也被剝奪。或者生命於某種人而言就只是一縷輕煙，脆弱而且毫無價值，但又有幾多人仍然堅持相信和平終有一天會來臨，困苦終有一天會過去？

如果我們都只是某種政治手段下的棋子，又或是某個驚天計劃中一個可有可無的小角色，那樣的人生不是太可悲嗎？換句話說，我們確實是縱容眼前種種邪惡發生，甚至是促使每一齣悲劇繼續上演的幫兇。「怎麼會，我

什麼都沒有做過？！這一切都是與我無關的。」我們大概都有過類似的想法，而忽略了「什麼都沒有做過」本身就是最壞的罪名，你以為的置身事外就只是你以為而已。亂世中我們都要逆水行舟，倘若一天你累了放慢腳步了，難道以為所有東西都會維持原貌等你嗎？善良又好、和平也罷，不去用力維護的話，所有努力得回來的東西都終將歸於平淡，而死去的人就只是單純的死去。

"To ignore evil is to become an accomplice to it." ── Martin Luther King

一念天堂　特拉維夫

於以色列人來說，這邊有兩個國家。不是以色列和巴勒斯坦，而是特拉維夫和耶路撒冷。

特拉維夫於我來說，是最以色列，也是最不以色列的地方。現代化的建築、悠閒憩靜的沙灘、沿著海岸線慢跑的人，構成一幅充滿生活質感的圖畫。在有同志天堂之稱的特拉維夫，你幾乎嗅不到任何宗教的味道，街上都是充滿活力的俊男美女，黃昏時分的夜店酒吧幾乎塞滿了來自世界各地的人，若與香港／台北比較實是有過之而無不及，難怪當地人都說「想要祈禱的人去耶路撒冷，要盡情玩樂就留在特拉維夫」。

美麗而一望無際的海岸線是我對特拉維夫的印象。

通常一般背包客都會跳過這邊，因為這個地方真的太·貴·了。基本上整個以色列的物價也是非一般的高，舉例一張八人房的床位由港幣二百元起跳，正餐大概一百五十上下，連同房的倫敦女生也表示以國的物價指數奇高，可想而知我並沒有誇大其詞。其實特拉維夫對我並沒有太大吸引力，畢竟她就只是其中一個悠閒的沿海城市，安逸舒適卻略嫌少了一份獨特個性，然而我最後還是來了，因為一個在尼泊爾登山時認識的以色列女生Sapir。

她是一個聰明的人，可惜在混亂的時代中，愈聰明的人往往愈痛苦。出生在一個女生也要用槍去保護國家的地方，知道生命也知道死亡，明白無意義的意義卻堅信存在的美麗。雖然那時候的她還不知道自己的能耐，但事實證明有一種倔強堅持終有一天會開花結果。一年間她由那個膽小怕事的懵懂女孩變成一個隻身在印度修行了大半年的女生。由北印至南印，走過的路是你跟我都無法想像，無法想像的困苦，也是無法想像的喜悅。然後她只有跟我說一句，值得。

認識當地人是了解一個地方最快速的方法，而居住在特拉維夫的猶太人都是很特別的，特別在於他們都很不猶太。在這邊你不會看到一身西裝的極端猶太教徒，也不會嗅到任何關於政治戰爭的氣息，他們生活在一個全新的城市，雖然偶爾還是可以看到戰機在空中巡邏，但住在這裡的人看來根本沒有在介意。「其實我們只想過正常生活，做想做的事，去想去的地方。」Sapir跟我說，幾乎每一個人都會問她以巴衝突的問題，而大部分年輕一代根本不想捲入這場無止境的紛爭。在特拉維夫，大家都暫時忘記歷史的重擔、宗教的約束，盡情去享受生活，彷彿一切從沒發生。

我們不能選擇自己出生的地方,很多時候亦只有順著大方向流,既然無力改變就直接視而不見。我不生於以色列,亦無法想像一出生就要背負民族歷史重量的感覺,但可以肯定的是大部分普通人都不想戰爭發生,而特拉維夫就是以色列的伊甸園。那個夜晚我沒有再問她關於巴勒斯坦,她說她獨自前往印度的故事,我說我在南歐背包的經歷,然後她又說起印度的罪案問題,我談起巴爾幹半島的歷史問題。旁觀者清,我們都懂得批判別人的國家,縱使內心知道我們跟他們本質上是一樣荒謬,反而情不自禁地有著一種安心的感覺。世界愈顯得混濁,我們才可以繼續站在道德高地把所有醜惡合理化。然後有時候我會想,如果所有人都下地獄,那地獄還會可怕嗎?

一念地獄 耶路撒冷

我沒有信仰,但我感覺到這片土地有一縷激烈的靈魂。

耶路撒冷是一個熟悉的名字,在印象中卻只有模糊的輪廓,直到我真正踏入舊城區,一切曾經在故事中聽過的都突然變得栩栩如生。拿著十字架和《聖經》的人唱著聖詩走在苦路上,西牆下哭訴著的信徒把千言萬語塞進狹小的石縫中,聖墓教堂中謙卑的朝聖者不斷撫摸著相傳耶穌死去和復活的地方,我雖不明所以但卻被每一個畫面深深震撼。「在耶路撒冷,不要問我歷史的真相。」關於信仰我不敢恭維,尤其在這個滲滿宗教紛爭的地方,但無可否認這個世界仍然需要這種力量,又或者我們都寧願相信故事,那些比現實合理得多的故事,是漂泊的人唯一的救贖。

他們說，耶路撒冷是世界中心也是中東紛爭的暴風眼，這塊最血腥也最神聖的土地，埋葬著最激盪又最安靜的靈魂。舊城區分為猶太區、穆斯林區、基督徒區和亞美尼亞區，因各種宗教原因各區互不相犯，令舊城出現一種特殊景象。例如走進猶太區你會有一種誤闖別人家的感覺，那種平靜的氣氛像是連時間都會凝結，但只要走到幾條巷子之隔的穆斯林區，你就可以看到摩肩接踵的阿拉伯人在市集叫賣，彷彿突然走進另一個國度。他們共同分享著這一小片土地，又同時佔據著屬於自己的領土，大概和平在這個地方有另一種定義，至少對大部分只想好好生活的平民來說是這樣的。

晚上的耶路撒冷好平靜，我約了一個幾年前在智利認識的以色列女生 Almog 聚舊，看看大家這幾年的變化。那時候的我對旅行一無所知，而她陪伴我度過了很多個寂寞的晚上，後來我才知道那段日子是自己真正跟「旅行」兩個字最親密的時光。我問她：「你有去過伯利恆嗎？」而你不會想像到她的回應是「They will kill us if we go there.」。一時間我無法作出反應，當大家都認為自己是受害者時，那誰才是加害者呢？我清一清喉嚨，認真地看著她無辜的雙眼。「你知道以巴的現況嗎？你知道那道牆之外的人是沒有自由的嗎？其實他們想要的未必很多，就只是作為一個人最基本的尊重……」我的情緒有點波動，但她顯然沒有太在意。「是嗎？如果有一天他們不再把炸彈綁在自己身上，應該就可以隨時過來吧。」

很多人都認為猶太人特別聰明，雖然佔世界人口比例不到 0.3%，但獲諾貝爾獎的比例卻是總數的 22.35%，愛因斯坦、馬克思、弗洛伊德通通都擁有猶太血統。三千年的歸家之路，經歷了出埃及史、納粹大屠殺、中東戰爭，全部都是令這個民族團結強悍的最好證明。沒有選擇的生活，正正讓他們創造出無限選擇。然而那個飄泊的年代終於過去，他們享受安逸、榮耀，但聰明的政府明白恐懼才是他們最大的財富，披上受害者的皮囊玩角色扮演，反正誰演得好，誰的劇本就叫現實。我沒有怪責我的朋友，亦沒資格怪責。我坐在橄欖山上俯視這片經歷過無數次重建與摧毀的城鎮，晚霞把面前的墓和烏鴉亮黑色的羽毛映照得金光燦爛。其實耶路撒冷從不真正屬於任何人，所謂美麗與哀愁都是人類自私矯情的借口。我不知道亞伯拉罕、大衛、耶穌和穆罕默德是否都曾站在這塊土地，復活升天又是否真有其事，但如果一切都是真的，而末日審判亦將在這裡把世界終結，耶路撒冷到底是天堂還是地獄的入口？

圍城

巴勒斯坦

從耶路撒冷過去屬於巴勒斯坦地區的伯利恆比想像中容易。我跟幾個有著亞洲面孔的遊客擠上一架破舊的旅遊巴士，不消十五分鐘就到了一片什麼都沒有的平地，然後好像有人喊了一聲 Bethlehem，大夥兒就跟著下車。我環顧四周，沒有任何路牌，也沒有任何出入境檢查站。我尾隨其他人穿過一個像是郊野公園防止牛隻進出的那種閘口，向前走五十米，再穿過另一個一模一樣的閘口就到了。沒有任何檢查也不用翻查護照。對，我就在巴勒斯坦的土地上，如果這個國家真正存在的話。

自由之墓碑

我幻想過踏入巴勒斯坦時的複雜心情，也聽說在邊境不時會發生流血衝突，青旅就有其他攝影師向我展示上個月他拍到的瞬間——煙霧瀰漫的街頭和血流披面的人們。但當我踏足這個地方時，感覺就只有一片空白。可能因為到訪的時候是

齋戒月，大部分的店鋪都關上，空蕩蕩的大街彌漫著平靜的感覺，就跟地球上任何一個角落一樣。大部分人知道伯利恆是因為這邊是耶穌的出生地，很多人為了朝聖還是會來這片「危險土地」。教堂中擠滿了喧鬧的人群，有人問我要不要付點小費走捷徑去朝聖，我揮揮手，然後他又走向下一個目標。在利益面前，什麼都有一個價格。宗教是商品，希望是商品，天堂的入場券都是商品，有錢人理所當然可以朝聖可以虔誠。我看著幾個衣著光鮮亮麗的外國人跟著一個小個子繞過長長的人龍，直接走到前面。排在後面的人似乎也沒什麼意見，反正大家都知道社會的遊戲規則，而最好是大家都欣然接受。

一切都看似異常平靜，直至我親眼看到隔離牆，那道分隔以巴的高牆，遠看像是一塊刻劃民族自由之死的巨大墓碑。以色列在二零零二年開始以安全理由在巴勒斯坦地區建立圍牆，防止極端分子發動恐怖襲擊，雖然聯合國已經表明此舉侵犯人權，但目前以國仍在擴建隔離牆和多個據點，國際間的救援也只屬雷聲大雨點小，實際作用不大。巴勒斯坦人被完全剝奪在自己的國家出入的自由，簡單來說就是跟在牢獄中生存沒兩樣。淺灰色的牆身畫滿大大小小的塗鴉，有控訴也有請求，有憤怒也有希望。每一幅牆上都有一篇用淺白英語寫成的文章，描寫著每一個巴勒斯坦人的心情，例如一個有三個小孩的母親想跟牆另一面的家人重聚、一個在路上走的巴籍男人無故遭受禁錮毆打、一個女人的家園被飛彈炸得粉碎等日常。我站在這塊高八米，連綿六百八十公里的混凝土前，仰望人民對自由的吶喊，對生存最卑微的哭求。隔離牆名義上是防止恐怖襲擊，但真正的恐怖主義往往是當權者的虛情假意。我們都無可避免成為自己最討厭的人，昔日的猶太人，今日的巴勒斯坦人，當中恩怨其實有誰說得清？

我很艱辛才認真讀完每一篇文章,牆上的字幾乎每過幾行就被眼眶中的淚水淹沒,然而我身旁的人對這一幅幅海報投以一種難以置信的目光,吐出一句「這是哪個機構的傑作啊?用字淺白,情感十足,這種宣傳真不錯!」我突然有一種被石頭擊中的感覺,所以這只是隨意煽動情感的東西嗎?「你看啊,每一篇文章簡潔精練,看上去毫無攻擊力卻無一不震撼人心,這不就是宣傳的威力嗎?」可能他是對的,我們看到的世界到底只是某群人希望我們看到的世界,所謂真實,只是大部人願意去相信的虛幻。站在巴勒斯坦這片土地上,我多麼希望所謂痛苦只是宣傳伎倆,籌碼是枱底下的美金,而不是一條條活生生的人命。

Banksy 眼中的以巴衝突

離開隔離牆後,一直往市中心的方向走終於來到 The Walled Off Hotel,一個除隔離牆以外我最想親身去看去感受的地方。The Walled Off Hotel 是由英國神秘塗鴉鬼材 Banksy 一手策劃的藝術品,整座酒店用以巴衝突為題材,每一個房間的窗戶都可以看到隔離牆,亦因此每天只有二十五分鐘的日照時間,象徵圍牆下的暗黑生活。我並沒有打算在伯利恆留宿,但聞說酒店內有一個詳細說明了圍牆內的日子的展覽廳和畫展,所以就下定決心到訪,然而到現時為止我依然確信這是最令我無法釋懷的展覽。

展覽由多個小房間組成，主要講述隔離牆之下巴勒斯坦人的苦困，還有他們的抗爭。雖然巴勒斯坦名義上擁有約旦河西岸和加沙地帶，但其實到處都有以色列軍人的檢查站，很多地方更被說成是以色列的定居點，嚴重限制巴人的行動自由。展覽箱中放著一張張通行證，去醫院的、出席喪禮的，甚至是到自己的農地工作，也要先經過審批，然而這一刻我發現自己對這種荒謬只剩下深刻的惋惜，這片土地每天所上演的戲碼是我這輩子都不能理解的。「鈴鈴、鈴鈴」掛在牆邊的電話響起，我接起電話，背景聲音很雜亂，像是訊號接收得很差的情況，一把嚴肅的聲音從聽筒的另一邊傳來。內容大概是我們要炸毀你的家，你現在有五分鐘時間離開，然後便斷線了。就這樣不帶一點情感，乾脆利落的斷線。有一刻我完全代入了巴勒斯坦人

的身分，不由自主地陷入一種迷妄之中。為什麼
他們要炸毀我的家？為什麼是我？五分鐘我能帶
走什麼？在巴勒斯坦，存在本身彷彿就是一種罪。
我緩緩放下聽筒，旁邊的人說這是一種行為藝術
裝置，讓你能親身體驗到當時的環境。我點點頭，
離開了展覽廳。

屬於回教及猶太教的希伯倫

希伯倫是舊日巴勒斯坦最繁榮的城市，現在則是
一個有著微弱心跳的死城。出發前青旅的人跟我
說這邊可以真正感受到巴勒斯坦人在日常生活中
的無奈，然而我看到的是，那份無力感的而且確
是以色列加諸到他們身上，但他們自己本身也是
責無旁貸。從希伯倫新城下車，穿過長長的市集
就到達舊城區，這邊的感覺比伯利恆保安嚴密很
多，幾乎每個街角都有荷槍實彈的軍人，閒來無
事就隨便抽查路過的人的護照，我在這邊待了一
整天大概就被抽查過三、四次。

圍城

巴勒斯坦

阿伯拉罕清真寺。

大部分軍人對遊客都是十分友善的，有時還會跟你閒聊幾句打發時間，畢竟他們也沒什麼真正要做的事。很多人不知道希伯倫裡的亞伯拉罕清真寺，對回教及猶太教的重要性其實僅次於耶路撒冷的聖殿山及哭牆，主要是雙方教派都認為此地是他們極為重要的祖墳。經過多年來的爭奪，現時亞伯拉罕清真寺被一分為二，回教和猶太教各自擁有一半，亦設有專屬的出入口。作為遊客如果兩邊都想參觀的話，就不要大搖大擺地從一邊走過另一邊，只要抱著尊重的心安靜地參觀倒是沒有大問題的。

我和一個德國女生 Janis 在回教區參觀的時候，有一個年輕漂亮的巴勒斯坦女生害羞地對著我微笑揮手，示意想跟我拍照。我緩緩地走過去，她就拉著媽媽和妹妹興奮地走到寺的角落，我想亞洲人在這邊仍算是稀有生物吧。她問我從哪裡來，聽到我經常去不同國家之後更是羨慕不已，奈何她連護照也沒有，就算想走出希伯倫這個小城也要得到以色列批核。談話間她的眼神有時會突然變得暗淡無光，然後瞬間又再次明亮起來，每當她想到一個新問題時，又會滿懷興奮地握著我的手想知道我的答案。在這個時代中，她是快樂的，至少她選擇了展示快樂。

以「NGO」之名

在參觀完回教區後，我們碰到了巴勒斯坦人 B，他說自己開設了一家關注巴國人權的 NGO，很願意跟我們解釋一下這座城市的歷史和種種紛爭，並希望我們可以抽一點時間了解一下。一路上聽說巴國的人都十分友善，而且非常喜歡跟遊客分享他們的看法，想想這也是對的，我們於他們來說就是傳聲筒，也是他們接通世界最直接的方法。聽以國的人說多了，心中也好想聽聽巴國的人到底是怎麼看現在的情況，加上他表現得十分友好，我和 Janis 也就跟著他到在這座城到處走走。

跟著 B 走的時候，那些以軍望我們的眼神明顯有所不同，到達一個小廣場時我們又被截停要查護照。那個軍人跟 B 說了幾句，他也就唯唯諾諾的回應著，整個氣氛令我感到很不自在，明明我們就只是路過啊，犯不著當我們是恐怖分子吧？然而每天在自己的土地上行走的巴勒斯坦人就是受著這般對待。「我不能跟你們一起通過這裡，你們在前面的路口左轉，那座淡黃色的小屋等吧。」B 說罷就指著前面的路叫我們先走。數十年前一些猶太教徒堅持在這邊建立猶太人區，而以國政府因為有責任要保護這些猶太教徒，每年都會調派軍人過來看守，據說每一個猶太人就有四名軍人保護。與此同時，巴勒斯坦人不得經過猶太人區，令本來五分鐘的路程因為要繞過所有定居點（Settlement）變成十分鐘甚至更長的路，這個情況在貴為兩教必爭之地的希伯倫尤其明顯。

十分鐘之後，B 從另一條街慢跑過來說要帶我們去參觀他的 NGO。空蕩蕩的街道塵土飛揚，有幾個小朋友踩著滑板到處溜，有年紀更小的在玩地下的泥巴，沿途的店都關門了，讓這個地方顯得分外荒涼。「這裡從前是一個很熱鬧的市集，現在什麼都沒有了。」B 用一種平淡的語氣說著。大約十五分鐘過後，我們來到一棟五層樓高的房子，樓上明顯還在裝修，水泥和木板都還在鋪。「地下兩層是我和雙親的家，樓上三層我正計劃要好好改建成義工休息的地方，兩年後義工們就可以在這邊留宿，更深入地幫助和了解這邊的人。」他邊說邊走進第一層樓的客廳。我環視著四周算是很不錯的裝潢問：「你是相對有能力的人啊，為什麼不選擇離開呢？」他一臉正經地說因為巴勒斯坦是他的家，有能力就更應該服務自己國家的人。老實說那時我是蠻欣賞面前這個人的，因為理想是金錢買不到的東西，選擇留守在這個國度代表著隨時有著犧牲性命的準備。他的父母在房間裡休息，妹妹拿來了幾個蘋果和茶出來招呼我們，B 問我們要不要吸水煙，我們搖搖頭他就自顧自在一邊吞雲吐霧。

喝茶後我們走到樓上正在裝修的樓層參觀。因為樓梯還未搭建好，實際上只有幾條小木板。Janis 走在我前面，B 說樓梯很危險作勢要扶她，我卻看到他的手放了在不該放的位置。我走的時候故意把手放胸前，而這次我肯定他想重施故伎，立馬推開他說自己走就好了。我問 Janis 有覺得不妥嗎？她卻不以為然。之後我們坐在沙發上聊美國的陰謀論，也講以色列的壞話，明明有兩張大沙發，B 卻多次要求我跟他們一起擠在雙人座位。我亂扯了幾個借口推卻，內心開始覺得有點不耐煩。B 喝著啤酒咬著煙，明顯對我的反應感到不爽，態度跟早上那個謙恭有禮的他完全相反。三杯下肚他似

街上空蕩蕩的。

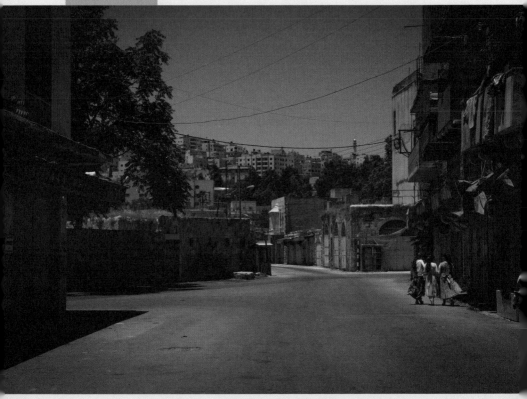

乎變得更為真實，一邊讓我們看一些他曾經在流血事件中受傷的照片，一邊說以色列正在搶奪巴國的土地，如果不是因為家人在這邊早就走了。「你以為剛才那個以軍在審問我嗎？他們都認識我爸，剛剛只是在做個樣子好交差。我跟你說這些都是政治，巴國跟以國暗地裡就是互有往來，不然以色列要摧毀巴勒斯坦只是一個晚上的事。你不找政治，政治也會來找你，倒不如好好利用這些手段。我不偉大，不能也不打算拯救整個民族，看這些煙啊酒啊，有誰不想好好過生活？」

聊了一個小時多後我和 Janis 都想離開，到城的其他地方看看。B 大概喝太多了吧，竟拉著我的手說要我們付導覽費。我問：「那你要多少？」他竟說每人港幣 200 好幫助他建好 NGO。我當時心想，所謂義工的房間就是你的私人後宮吧，隨手給了他約 50 元當茶錢就走了。對他的想法我不置可否，但打著 NGO 的名義利用外間的同情心我絕對不能接受，口裡說著為國為民的人，到頭來還是只為滿足自己，這種人看到自己的同胞不會羞愧嗎？一個民族的崛起衰敗，箇中因由又豈能單憑三言兩語解釋清楚？

我們跟著那些以色列國旗的方向走，進入了猶太人區。猶太區比另一邊明顯乾淨又冷清得多，一樣的是你無時無刻都可以感受到軍人注視的目光。走著走著我們經過一家類似博物館的小房子，裡面有一個婆婆在整理東西。她看到我們顯得十分快樂，閒聊幾句後更邀請我們喝茶。我問：「你在這邊待了多久啦？」婆婆氣定神閒地說：「我們在這邊四千年了。」我跟 Janis 相視而笑。「啊，不對不對，中間有九十年我們不在，被阿拉伯人拿去了。就算現在我們名義上再回來，也是被他們緊緊包圍，有些區域還

是不能踏足。」婆婆的眼神帶有一種自豪感，那是猶太人與生俱來的，也只有真誠地相信自己所堅持的人才會有。天色漸暗，我們跟婆婆道別以後就坐巴士回去耶路撒冷。一個地方，兩種演繹方式，三種生活態度，沒有誰對誰錯，有的就只是歷史遺留下來的足跡。

那些令我又愛又恨的人

古巴

我在古巴虛度的光陰總是彌漫著一層薄薄的霧。我無法確實告訴你那是一個怎樣的國度,是古典還是荒廢,是活在當下還是金錢掛帥,是真情還是假意,是熱鬧還是寂寞。七天古巴三個城市,Havana、Cienfuego、Trinidad,時光倒流到十九世紀,每一塊瓦礫都是時代見證。如果你喜歡建築,光是欣賞每一個窗花、每一扇門,都足以耗上兩三天。當然還有路上隨處可見的經典老爺車,撇除烏黑的廢氣,的而且確會令人沉醉在那濃厚的時代感。然後你問我古巴最特別的是什麼,是建築/老爺車/音樂/沙灘/雪茄/咖啡嗎?我的答案似是而非,因為最特別的其實是創造這一切的古巴人吧,那些令我又愛又恨的古巴人。

萬惡的金錢

第一天到達古巴首都 Havana 感覺其實不太好。路邊的人都用奇異目光盯著我,轉個彎就有數個男人大叫著 Chino

Chino（中國人？）、Japón Japón（日本人？）、Corea Corea（韓國人？），然後拐個彎又突然有人握著你的手說著綿綿情話附送數個飛吻，再轉彎便是一堆在路邊流連的黑人喊著 taxi taxi！對於剛到埗的我來說，Havana 就只有一片雜亂和嘈吵，我用上一路上學起來的防身術，戴上鴨舌帽，板起面，再戴上根本沒有在播音樂的耳機，自顧自地走著，直到在走到海邊的 Malecon 區，我遇見了一個自稱 salsa 跳舞老師的年輕黑人男子。

「Hi, my name's Rafeal, where do you come from?」

他講得一口流利的英文，看上去大約二十出頭，笑的時候露出一列雪白牙齒。

「Hong Kong.」

我勉強一笑，本不太想回應但又心想難得遇上一個溝通到的人，自己又初來報到滿腔疑問，就即管看看他有什麼把戲。

儘管我沒多大的反應，他仍樂此不彼地介紹著一些我聽不明白的東西。說著說著，他突然牽起我的手要教我 salsa，所以我就在路中心被迫胡亂地轉了幾個圈。不得不說我當時十分尷尬，卻又覺得那是挺好笑又可一不可再的回憶。在市區走走停停後，他帶我到巴士站詢問去下一個城鎮的車票，奈何得到的回應是只有古巴人才有資格乘坐當地的巴士，外國人想要去別的市鎮就只可以坐計程車，那一刻真有衝動立即離開這個鬼國。

我灰心喪氣地回到舊城區，本想早點回去青旅，但 Rafeal 說要帶我吃晚餐，叫我坐在一邊等他買回來。依他所說就是他自己去買的話，我們就只需要付國民價錢。正當我以為他要去買飯的時候，他卻一直站在旁邊看我。

剛剛坐巴士時我問他車資是多少，他說 2CUP 而我身上只有 5CUC，就隨便給了他 5CUC，他之後也沒有把剩餘的錢還我的意思，我心想人家帶你去買車票就不要計較太多，也就沒說什麼。現在他又用這種眼神看我，所以應該是等我掏錢出來吧。「晚餐要多少錢呢？」我問。「炸魚飯啊，10CUC 啊。」他想想後回答。10CUC 即是 10 美金，古巴的物價有那麼貴嗎？我一邊想著一邊給了他 20CUC，而錢當然如潑出去的水一樣沒有再回來過。跟大家補一下冷知識，在古巴遊客用的貨幣叫 CUC，1CUC 價值相等於 1 美元，當地居民使用的貨幣叫 CUP，1CUC 價值相等於 25CUP，換句話說外國人在古巴的消費是當地人的 25 倍。這次我決定不裝好人就直接問他炸魚飯不是 10CUC 嗎？那找回我 10CUC 啊。然後他指著自己那一盒飯，我無言了。其實請不請他吃飯不是問題所在，問題在於他沒有問過我就私自用我的錢，更大的問題是第二天當我再經過那邊的時候發現，炸魚飯只賣 1CUC。

古巴被美國禁運長達半個世紀，曾經的加勒比海小巴黎因為蘇聯倒台進入了一道凍結了的時光隧道。美國和古巴恢復邦交意味古巴很快會變成另一個美國，預計來年遊客數字將會直線上升，同時古巴人亦看準時機開設民宿賺取外匯。試想想賣一個麵包給古巴人是 10CUP，賣給外國人卻是 10CUC，也難怪古巴人對遊客虎視眈眈。然而當一個本來什麼都沒有的地方湧入萬惡的金錢，結果是我們都可以想像得到的。我不喜歡古巴，尤其是那些什麼都沒有的街道。我不喜歡古巴人，尤其是那些把遊客當作肥羊的騙子。第一天我有一種強烈想離開的感覺，雖然只是被騙了點小錢，但那種被虎視眈眈的感覺令我之後極度抗拒跟古巴人接觸。自己一個女生出遠門，除了小心還是小心。人與人之間的那條線，是鋼絲還只是綿絮，未到斷線一刻都不能確定。我討厭小心眼的自己但又不得不處處提防，六個月的旅途，真情假意有時真的把我弄得很累。然後我遇到了 Mirella——Havana 民宿的媽媽。

的士殺價記

Mirella 是我在古巴所住的第一家民宿的女主人。在古巴，體驗古巴人生活的最好方法莫過於住進 casa particular（西班牙語 casa 意思是家）。住進 Mirella 的家只是純粹巧合，卻令我重新愛上古巴人。Mirella 的家是合法民宿，亦是少數的青年旅舍。由於這邊大部分民宿都是以房間為單位租借，一晚大約 15 至 20 美金（六月是淡季，十二月至二月到訪古巴的話，價位大概 30 至 40 美金），對於獨自旅行的人價位相對高，所以找到以床位為單位的 casa（8 美金一晚 /8 人房）我便決定留下。由早到晚，你都會聽見

有人在喊 Mirella Mirella! 她就好像眾人的媽媽打點著一切，性格不拘小節卻又對我們無微不至。雖然她不懂英語，但是仍然很樂於解救我這隻肥羊，令我不至於滿頸鮮血。

由於第一天已經有強烈想逃離 Havana 的念頭，第二天下午便到巴士站查詢由 Havana 到 Cienfuegos 的共乘的士價錢，在那個所謂 salsa 跳舞老師的介紹下，我自以為把三個小時的車程殺到 20 美金已經算是不錯（在古巴殺他個半價是基本），約了司機明天早上在民宿樓下等就興高采烈地回去準備跟 Mirella 說。回到民宿後，答案當然呼之欲出，我就是一隻不折不扣的肥羊。我好記得當時 Mirella 用一種難以置信的目光看著我本來興奮的臉說：「什麼？從這邊過去只是 10CUC，他們又在騙遊客！」我一臉無辜，心裡又覺得憤憤不平，雖然錢還未付但車已經訂好，而且我也沒有司機的電話，總不能說消失就消失啊。Mirella 看我不知所措的樣子，拍著我的膊頭說了一句：「明早九時嘛？我來幫你，大不了再另找一架車。」

古巴的士遲到其實並不是什麼新鮮事，少則半小時，多則超過一小時。那天 Mirella 陪我坐在陽台等那該死的的士，一等就是 40 分鐘。終於車來了，Mirella 盡展包租婆風采從陽台大喊：「由 Havana 到 Cienfuego 只要 10USD，不給載就算了。」我就一直躲在她後面偷看。司機瞬間由滿面笑容變成目無表情，罵了幾句西文就走。事情比的想像中容易多了，Mirella 說這些對他們來說是家常便飯，他們也知道自己理虧在先也不會跟你死纏爛打，反正外面肥羊多的是。

Mirella 講解了如何前往巴士站後我又開始那漫長征途。終於到達了巴士站後方,一排古董車整齊排開,等待肥羊親自送上門。一開始有人跟我說「Special price for you, only 30CUC.」原價 10CUC 現在你跟我說 30CUC 是優惠價錢?屁啦!本來心情不好的我已經懶得敷衍他,看也沒看他一眼就走。一直走著都有無數人喊著 taxi taxi,可能是我的臉太臭,他們覺得我不好欺負最後終於給我殺到 12CUC。我跳上那輛黃色古董車,感覺就像走進十九世紀的電影。座椅下的彈簧已經全部壞掉,車廂裡理所當然沒有空調,我問車窗可以放下來一點嗎?然後司機不知從哪裡弄來一個生滿銹的鐵把手叫我裝上,窗戶嘰嘰咔咔幾聲向下滑落,涼風從車外湧進,啊,是寧靜的古巴。

孤獨旅人

三個多小時後,我終於由 Havana 到達下一個城市 Cienfuegos。本來並沒有打算來這個洋溢著法國風情的小鎮,但由於這是前往充滿殖民地色彩小鎮 Trinidad 的必經之路,於是吸引著一個個無所事事的旅人順道一遊。Cienfuegos 比較少遊客,基本上沒有任何青年旅舍,跟 Havana 一到埗就有幾十個人圍著你介紹住處大相逕庭。走在空盪盪的街上,我拿著 Mirella 給我的卡片,到達了我在古巴的第二個 casa particular,雖然萬般不情願,但最後還是以 15CUC 租下了一間雙人房連早晚兩餐。

經營小食店的夫婦。

Delia 跟 Nelson 還有個約 18 歲的兒子一起居住，他們都不會英文，但 Delia 還是會每時每刻問 Esta bien?（Everything's alright?）生怕我有什麼不習慣。而 Nelson 便在一旁翻著介紹古巴的旅遊書，用我似懂非懂的西文用力地介紹著古巴每一個城鎮。雖然我不盡明白他所說的一字一句，但他面上自豪的表情無需言傳也能意會。順帶一提，Delia 準備的早餐超豐富，有生果、麵包、咖啡、蜜糖，我吃飽了就跑出去吹吹海風，也沒有遇見什麼人就回去了。晚上八時左右，Delia 敲敲我的房門說晚餐已經準備好，出去客廳一看，晚餐有湯、沙律、主菜、甜品，但餐桌旁卻空無一人，我問 Delia 和 Nelson 為什麼不一起吃飯？他們尷尬地揮揮手說自己

已經吃飽了。對著滿桌美食，心中不其然湧出一種無以名狀的落寞。獨自在路上的日子好長又好短，偶爾想家、想朋友，有好多個畫面我都由衷地希望自己可以在場，誰的求婚、誰的生日、誰的慶功，為了成為完整的自己，我錯過了誰的喜悅，跳過了誰的悲傷，這些亦不足為外人道。我享受孤獨，也固執地認為只有粉身碎骨後才能浴火重生。我想我並不完全明白自己，所以沒有奢求別人明白，然後我突然為我的孤獨感到驕傲，為每一個孤單的人的與別不同感到安心，你走過的路不會白費，我們都值得擁有一塊只留給自己的空白。孤獨讓我們更貼近自身的模樣，到遠方走路或者是為了更無憂無慮地揮灑對自己的迷戀，所有相遇和重逢都是為了令孤獨更深刻。如果犧牲早已注定，只願我們都不辜負。

愛上古巴人

「到過古巴的人，準會愛上它，但你會慶幸，你不用住在古巴。」——
Garcia Lorca

到古巴的人一定會到 Trinidad。這邊是一座有五百年歷史的世界遺產古城，整座城市都散發著一種古舊氣質，沒有 Havana 的嘈雜，卻遠離 Ceinfuegos 的寂寥，而我在這邊終於找到了我想像中的古巴人，純粹、快樂但又渴望改變的古巴人，Dania。

住到 Dania 的 casa particular 又是一場意外，原本心目中已經有一家青年旅舍，但 Dania 開出了 8CUC 一人房包早晚餐的超優惠條件，我便二話不

說搬進了我在古巴第三個家。每到一個地方我都喜歡問當地人：「Do you like your country？」然後 Dania 便開始滔滔不絕地說著古巴的好。作為一個共產國家，古巴為國民提供良好醫療教育，而且一律費用全免。他們擁有相當高質素的醫護人員，並不時派出醫生到其他第三世界國家幫忙，絕對是國民的驕傲。另外古巴亦是一座十分安全的城市，基本上一個女生在晚上行走都沒有什麼大問題⋯⋯

「Are you happy to stay in Cuba? You don't even have choices here.」
「Yes, we are poor, but Cuba is changing now and everything will be fine.」

對於生活上的掙扎，Dania 用一句 Esta bien（Everything is fine）輕輕帶過，沒有憤怒，沒有埋怨。或者擁有多與少跟快樂的能力並沒有必然關係，又或者並不是他們擁有得少，而是我們生活充斥太多奢侈品。樂天知命、勤勞克儉、活在當下，是我從 Dania 身上看到的古巴人。

我在 Trinidad 的第二天剛好是星期天，Dania 邀請了我到她朋友家參與聚會，順道一起吃飯。大約五時，我和 Dania 一家到達了一間小小的平房，門後是一個笑容燦爛的中年女人和一個小女生。我們在客廳中用著破爛的西文和英文溝通，其他人也陸續到來，然後說著說著就說到我的旅行經歷。古巴人要出國旅遊可以說是痴心妄想，一般人每月只有數百港元的收入，還要應付其他生活所需，根本連在古巴國內往返也是沉重經濟負擔，更何況是坐飛機旅遊？或者可幸的是，雖然他們看不到世界，但旅人把世界帶到了古巴。分享著天空之鏡、馬丘比丘的照片，你可以看到他們閃爍的眼神卻沒有絲毫自怨自憐，旁邊的胖叔叔一邊看一邊笑說：「你用一個大背包便走遍了世界，我有六個背包卻連古巴也走不完呢。」對於生活，他們安分守己，不強求不奢望。我想他們這種隨遇而安的生活哲學是我永遠也不會明白的，但仍然感激在此時此刻，我有機會親眼去看看這個世界。

你可以為了保護自己選擇不去相信，但你將會跟世界上最美好的人和事擦身而過。

相信自己，也相信別人

因為找不到合理價錢的共乘的士，寧死不屈的我決定在 Trinidad 多待一天。老實說 Trinidad 這個小鎮不用一天已經可以走完（所有要付費的 tour 我都沒有參加），所以這天我決定到遠離廣場的民居閒逛，順道看看古巴人真正的生活。一直漫無目地走，旁邊的遊人變得愈來愈少，然後我知道自己終於來到了真正的古巴。我喜歡跟完全不懂英語的古巴人談天，總覺得說英語的都是騙遊客錢的壞人，此時便會後悔自己沒有好好溫習西文。開場白不外乎那三兩句，自我介紹倒是沒有問題，但深入的溝通還是需要多加練習。一路上我跟路人有一句沒一句地聊著，直到我走到一個婆婆的家。她獨自坐在門口的石階上，看到我的眼神就像看到一個老朋友到訪。

「Donde eres?（Where do you come from?）」
「Yo soy de Hong Kong.（I am from Hong Kong）」
「Que es tu nombre?（What's your name?）」
「Kanya. Mucho gusto.（Kanya, nice to meet you）」

她揮手示意邀請我到家裡坐，再給我送上一杯極甜的古巴咖啡。這個她稱之為家的地方，其實就是四面毫無修飾過的石屎牆，整個小小的空間裡什麼傢俱也沒有，就只是放著三張鐵板拼成的椅子，廚房是一個爐頭加幾隻骯髒碟子和亂舞的蒼蠅。她熟練地點起香煙，訴說著生活的困苦。雖然我聽不太懂，但她大概是在說政府派的糧食不夠，自己又沒能力工作賺錢，說著說著她拉起了自己的衣服，展示著她賣血之後留下的疤痕。下一刻，她理所當然地向我伸出手，示意希望我給她錢。看著徐徐上升的煙圈，我

知道她只會用那些錢去買更多的煙,但還是把身上剩餘的一點零錢給了她。回去後我一直在想這件事。我討厭利用別人同情心的人,但更討厭甘於接受世界陰暗面的自己。然後我開始想或者那婆婆生活真的很困難,可能她說的都是真的,如果可以選擇沒有人會乞求另一個人。之後我整夜難眠,突然想起一個德國女生跟我說了一番說話,是我會想一直提醒自己的。

「If you believe trusting and helping each other makes the world a better place, then that's what you should do.」

可能你會覺得這是傻,但這番說話於我來說無疑是一下當頭棒喝。孤單的旅途上我怕遇到壞人更怕錯過那些真心真意的人。我聽說過太多人假裝自己失去一切騙取援助,見遊客就紛紛大導演、名演員上身。我們永遠不能奢求世界上存在絕對的善良,但我們總可以堅持自己去令身邊的人快樂一點。嗯,我們都是幸運的人。

Be the change you want to happen. 相信自己,我們可以令世界變得更好。

古巴人的驕傲

在古巴，我還是有遇到一些不求回報的好人的。像是在馬路邊有個中年黑人跟我說 Hola!（Hi）我回他一句 Buenos días!（Good morning）原本他已經走在我前面，突然他若有所思的回頭看我，再把一個芒果放在我手心，在我還未搞清楚狀況的瞬間他就轉身走了。當然還有愛拍照的小食店夫婦、一看到鏡頭就會擺 pose 的小孩、二話不說就幫我把行李搬到三樓的男人、請我吃漢堡的路人……

古巴人啊古巴人，怎麼我們不能早三五年相遇？

旅程最後兩天，我從 Trinidad 回到了 Havana 準備回程到墨西哥。在共乘的士上我認識了一個日本女生，然後決定晚上合租一間雙人房。民宿的價位偏貴但原來這間民宿是由一對香港古巴夫婦合力經營的，可惜他們每年十月才會回來度假一次，我就這樣跟他們緣慳一面。不過在這邊工作的人都十分友善，而當中更有一段對話令我印象深刻。

「Cuba has been through such a hard time, how could you stand it?」
「Yes, it was really a hard time for us, but I still love Cuba, it's my country. It's a period of time that all of us have to overcome it together, and one day, the hard time will pass and Cuba will become a better place.」

我是古巴人，古巴是我的國家，縱然現在是艱難的時間，但我仍然愛這個地方。

到底是怎樣的一個地方可以令人民有如此強烈的身份認同？是的。大概每一個地方總有一些難關要經過，而且總會經過的。我們要做的就只有堅持，相信自己可以令這個地方變得更好，一定可以。

後記

這本書在你看過以後就再不屬於我，每一頁、每一句，都完全屬於你。

任何創作過程都是孤獨的。創作過後，別說他人，就算作者本身恐怕也不可以完全地從作品中提取過去和自己的情緒。我的故事都是簡單平凡的小事，但也是獨一無二而且不可被複製的，正如你的一樣，但我們總可以在彼此的故事中找到自己的身影。如果生活需要儀式感，寫字於我來說就是一個安葬的儀式，也是生活的出口。世界沒有時間，每一個瞬間就是永恆存在於時間軸上，故事就用最可能具體化的方式表現。於眾多藝術創作之中，文字最能觸動我的內心，而我也視文字中的自己為最真誠和毫無保留的。

在此我要感謝「二十五歲，我們離家出走」的 Willis 和 Katie，因為阿根廷的遇見，讓我開始認真記錄旅程，否則之後的一切都不會出現。感謝我的家人，可以毫無顧慮地飛翔的人，往往都有一個最安穩的家。感謝蜂鳥出版，在過程中給予我極大自由度去把想像實現，也為自己旅行五

年作一段小記錄。還有旅途上遇過的每一個你，請相信我們之間的故事雖然沒有驚天動地的情節，但確實是我生命中最重要的養分。很久以前我就知道自己並不是實現者，而這本書不會帶給你任何答案。但我衷心希望透過文字，你會看到生活另一種可能性，看到黑暗也看到光明，如果你有一刻共鳴，或是一秒衝動，那這本書也總算完成了它的使命。

《我喜歡一個人旅行》

我喜歡一個人旅行。

我喜歡一個人旅行。我討厭跟別人分享回憶，尤其那些旅程上令我快樂的，那些我以為不會做到的，那些瘋狂的，那些刻骨銘心的。

我喜歡一個人旅行。我想長大想獨立，想為自己作出自以為最好而且不負責任的決定，想趁著年紀小去做一些令自己後悔的事，像那些莫名奇妙的想法和奮不顧身的衝動。

我喜歡一個人旅行。我想完全享受孤獨，享受夜幕低垂後寒風滲透被窩的感覺。那絕對的寧靜，赤裸的自己。沒有回憶，沒有想念，那一定會是最好的。

我喜歡一個人旅行。這樣我走過的地方，只會留下一雙足印，然後瞬間被海浪衝走，就像我從沒來過一樣，就像你從沒出現過一樣。

陪我繞一點遠路好嗎

作　　者　Kanya Chan
責任編輯　何欣容
書籍設計　Kaman Cheng
相片提供　Kanya Chan

蜂鳥出版
HUMMING PUBLISHING

在世界中哼唱，留下文字迴響。

出　　版　蜂鳥出版有限公司
地　　址　香港鰂魚涌七姊妹道 204 號駱氏工業大廈 9 樓
電　　郵　hello@hummingpublishing.com
網　　址　www.hummingpublishing.com
臉　　書　www.facebook.com/humming.publishing/

發　　行　泛華發行代理有限公司
印　　刷　嘉昱有限公司

初版一刷　2019 年 9 月
定　　價　港幣 HK$118　新台幣 NT$530
國際書號　978-988-79922-2-6

迷失過後是遇見，飄泊過後是著陸，然後，還有然後……